MUERTE POR AGUA

Lecturas Mexicanas divulga en ediciones de grandes tiradas y precio reducido, obras relevantes de las letras, la historia, la ciencia, las ideas y el arte de nuestro país.

JULIETA CAMPOS

Muerte por agua

Secretaría de Educación Pública
CULTURA SEP

Primera edición (Colección Popular),   1965
Primera edición en Lecturas Mexicanas, 1985

D. R. © 1965, Fondo de Cultura Económica, S. A. de C. V.
Av. de la Universidad, 975; 03100 México, D. F.

ISBN 968-16-1957-9

Impreso en México

Para las almas, la muerte consiste en volverse agua.

HERÁCLITO DE ÉFESO

Todo desaparece devorado por el tiempo. Las aguas permanecen.

HENRY MILLER, *El mundo del sexo*.

Y allá en el fondo está la muerte si no corremos y llegamos antes y comprendemos que ya no importa.

JULIO CORTÁZAR, *Historias de cronopios y de famas* (Instrucciones para dar cuerda al reloj)

—HA LLOVIDO toda la noche.

—Y va a seguir lloviendo.

—Ahora que parecía que iba a levantar el tiempo.

—Todo se pone tan pegajoso. La ropa... Nunca se seca del todo. ¡Es tan desagradable! Y ese olor especial. Por todas partes ese olor.

—Nunca se sabe cuándo va a dejar de llover. ¡Si ya estamos en octubre!

—Otros años en esta época... Pero no. Todavía es lo más natural del mundo, después de todo. Ya se sabe que aquí el tiempo...

—Y las moscas. Otra vez las moscas. Yo pensé que se las llevaba el agua. Lo mismo que el aire se lleva al agua.

—Hasta noviembre es tiempo de ciclones. Y aunque no lleguen siempre el viento... el agua...

—Yo me doy cuenta. Lo empiezo a sentir en las manos, en los dedos, en las articulaciones. Poco a poco. Primero me duelen. Luego se van endureciendo, agarrotando. Son los años, los años...

...Los años. Los años. Para ti más que para mí. Porque yo todavía estoy joven. Todavía. A pesar de todo. Por las mañanas cuando me despierto cuando menos. Antes de sentir nada. Antes de levantarme. Porque entonces está la sensación de que algo viene detrás, pisándome los talones. Algo que se ha colado. Subrepticiamente como si dijéramos. El mar, podría haberse colado el mar. Y la impresión es que no sólo a mí me pasa. Que a ustedes también. Se despierta uno dando tumbos. Por eso debe ser. Si se descuida se cae o se queda arrinconado contra la pared. Igual que cualquier piano, que una consola, como aquella vez que hubo ciclón y ras de mar y se abrieron las ventanas y todo se mojó y los muebles se amontonaron en un extremo de la sala. Preferible pensar en otra cosa. Siempre lo mismo en el

9

desayuno. El tiempo. Hablar del tiempo. Por no hablar de nada. Por decir algo. Pero yo no seguiré. Prefiero callarme. Oírlos. Oírme un poco. Aún podría estar debajo de la sábana. Aún no sería de día.
—La humedad es fatal. Fatal. Para mí desde hace tiempo. Siempre me ha hecho tanto daño...
—Es cuestión de cuidarse, de no exponerse. A sus años...
A sus años. A mis años. No importa. Todo es como tiene que ser. Hace un rato era domingo. Una mañana bastante oscura. Una mañana de domingo, en invierno. Hacía mucho viento y habíamos cerrado las puertas y las ventanas y habíamos encendido la luz. Tú te reías mucho pero no me acuerdo de qué. Era temprano. Hace un rato fue esa mañana de hace quince o veinte años. No, no vale la pena. No es cierto. Más vale que no. Porque se va a quedar cancelada, definitivamente, detrás de la puerta. Nunca ha vuelto a ser igual. En realidad no me acuerdo de casi nada. ¿Para qué? Uno se sienta a desayunar y habla del tiempo. No podría ser de otra manera. Pero ahora me gustaría decirte algo. A lo mejor puedo decirte algo si...
...Me mira como para decir algo. Algo a lo que no podría resistirme. Pero no se decide y sigue hablando con ella mientras yo me quedo callada y me quito las pantuflas debajo de la mesa. Mover los dedos de los pies como si fueran los dedos de la mano. ¡Cómo me gusta! Lo mismo que antes, en las fiestas. Y siempre había quien se daba cuenta y se le ocurría hacerme la broma y esconder un zapato o los dos y luego era cosa de celebrar la ocurrencia y de reírse. ¡Nos reíamos tanto! Los tres pasamos por allí hace un rato, uno detrás de otro. Está lloviendo y no se puede salir al pasillo. ¿Por qué suenan tanto las voces de ellos? Las sábanas

están siempre frías por la mañana. Cualquiera diría que se han quedado al sereno, a la intemperie. El aire que entra a esa hora es muy frío. A mí es lo que me despierta. Uno sueña con muchas cosas cuando se va a despertar. Los espejos siempre tienen manchas negras y uno se quiere mirar pero lo que se ve es otra cosa. A veces acaba uno por verse, y se reconoce, y entonces se despierta. Ya sólo quedamos los tres. Nadie más se sienta a la mesa. ¿Qué estarán pensando ellos? Los tres. Parece que ha pasado tanto tiempo y acabamos de sentarnos. La verdad es que acabamos... Todavía estoy tomando el jugo. Las naranjas demasiado dulces, demasiado maduras. Y los pedacitos de pulpa porque hay la costumbre de no colarlo. Tenemos esa costumbre. Ahora nada más quedo yo. Y ella, que antes se sentaba en la cabecera y ahora se sienta allí enfrente de mí. Porque ahora es él quien está en la cabecera. No sé por qué digo ahora. De veras que no lo sé.

—Para mí le falta azúcar. ¿No me haces el favor?

—¿Azúcar? ¿Cómo puedes? ¡Está tan dulce! Siempre está tan dulce...

—Ya sabes que yo...

...Ya sabes que él... Ya sabes que así le gusta. ¿Entonces de qué te asombras? Parecía, cuando me levanté, que iba a hacerse de noche otra vez. Como no dices nada él ha tenido que pedirte el azúcar. Me gustaría poner la mejor cara antes de salir del cuarto. Pero no siempre se puede. Me gustaría aunque estoy tan vieja. No puedo remediarlo. Lo bueno es que las mamparas siempre están cerradas. Me despierto mucho antes que haya ruido en la cocina. Pero no me levanto en seguida. ¿Para qué? A veces aclara de pronto y sale el sol. Siempre me fijo en el postigo. Pero hoy al contrario. Tú misma le sirves el azúcar, una cucharadita, dos y todavía lo miras para saber si es suficiente. ¿Cuándo aprenderás esas cosas? Pero es verdad que yo no tengo nada que ver. Más vale hacer como si no me diera cuenta. Aquí en el fondo de la casa hay la ventaja del silencio. No se oye nada de la calle. Hasta hablamos en sordina y las palabras parecen inflarse. Por eso se oyen así las cucharas contra las tazas y la rejilla que rechina cuando nos movemos un poco. El aparador y el auxiliar son demasiado oscuros. Pero me gustan porque siempre han sido iguales. Están quietos como los moscones cuando quieren parecer inofensivos. Todos los muebles están así. Ya nos quedamos todos callados.

...Me miraste asombrada con eso del azúcar, como si fuera la primera vez. Siempre me das esa impresión, de pajarito asustado. Cualquier cosa podría ser una catástrofe ¿verdad? Parece que siempre lo estás esperando. Si oyes un ruidito o si no lo oyes, o si uno te pide el azúcar o no te la pide. De todos modos es igual. Con las cosas más cotidianas, más inofensivas. Quisieras oponer alguna resistencia pero no lo haces. Todo tendría que ser perfecto, armónico, intacto. Te aseguro que yo también quisiera, que haría todo lo posible. A veces la madrugada no se acaba nunca, ni cuando amanece. Lo mejor es saltar de la cama y vestirse en seguida y salir a la calle a respirar el aire. ¡Cuánto trabajo te cuesta despertarte! Te mueves y te mueves. Seguramente sueñas mucho a última hora. Me dan ganas de decirte que no tengas miedo, que estoy ahí. Ya no soy joven. No sé muy bien desde cuándo. A veces pienso que no fue hace mucho. Esa mancha que tienes cerca de la nariz podría ser un lunar. Ya me he acostumbrado a tomar siempre lo mismo en el desayuno. Si hablo con ella no parecerá que estás tan callada.

—Me han dicho de una medicina. Algo infalible para el reuma. Voy a enterarme bien. Puede que le siente.

—¡Ya he probado tantas cosas! Usted lo sabe, usted que siempre se ocupa de traérmelas. Pero yo creo que ya nunca... Aunque Dios no lo quiera. No hay que desesperar.

—Todo tiene remedio. Ya lo verá.

...Todo tiene remedio. Nunca he sabido por qué. Habrá que cambiar las flores y cortar un poco de espárrago para dar la sensación. Así no parecen artificiales. Los forros de los cojines todavía no. Fue una buena idea hacer cuatro juegos, uno para cada semana. Ya no falta nada. En realidad casi nada. Hoy mismo se podría acabar. Hoy mismo.

...Todo tiene remedio (yo mismo lo he dicho). Por lo menos tres veces al día, aquí en la mesa. Siempre tiene algo de rito, de ceremonia. Después de todo uno puede llenarse la vida de ceremonias y eso simplifica las cosas. Como esa idea de llenar el cuarto vacío de recuerdos, de talismanes, de fotografías de toda la familia. De cosas que ya ni nos acordábamos (y sigo pensando que era mejor). Pero ellas no pueden pasarse. Necesitan una distracción, un entretenimiento. Entrar y salir y dar vueltas alrededor. Aturdirse un poco, como las mariposas que tropiezan con todo cuando ya las marea la luz. Si las veo mucho rato yo también me mareo.

...Usted lo ha dicho. Todo tiene remedio. Siempre. Hasta cuando ya parece que no hay nada que hacer. Daba tanta tristeza el cuarto, con los muebles y sin nadie. Y ahora hasta yo, que siempre he preferido... Aunque al principio no quise, como si tuviera algo de sacrílego, como si uno fuera a desenterrar a los muertos. ¡Pero estaba tan entusiasmada!

13

Igual que se ponía antes, cuando no paraba en la casa, cuando le gustaba tanto salir. ...Está muy cansada, muy acabada. Se le ve en la cara, pero no voy a decírselo. ¿Para qué? Será la humedad. Otras veces no son los espejos. Es el fondo del estanque o del acuario (no sé). Me rodean las piedras porosas, las hojas resbalosas, las hierbas (a la mejor son algas o líquenes, tampoco sé). De todos modos, está esa vegetación musgosa. Y el agua espesa. Eso lo he soñado muchas veces. Alguien se ríe y uno, yo, oye cantar allá abajo sin poder moverse. En ese sueño siempre llueve. Las lagartijas corren por todas partes. Otra vez hablando. Sería bueno encontrar algo que decir. A él le gustaría, por eso me mira así, como si lo esperara. Pero tendrían que ser palabras muy perfectas, tan lisas como son algunas piedras. Entonces podrías acariciarlas primero y luego guardarlas en el bolsillo, igual que el pañuelo que no dejas de sacar a cada rato no sé para qué. Por manía, por costumbre. Todos tenemos manías. Yo las mías, tú las tuyas, ella las suyas. No va a dejar de llover. Ya lo han dicho ellos. Ustedes. Mejor, es mejor que llueva todo el día. Así se está mejor en la casa. Y cuando ya me voy a despertar corro por los portales, las fachadas están demasiado agujereadas y el mar salpica hasta allí. Los ojos se maduran como una fruta a medida que me voy despertando. Ya están casi, casi a punto de caerse. Pero me gustaría más seguir dormida. A veces tengo en la mano una estrella color salmón, todavía fresca, como son las estrellas de mar cuando no han empezado a blanquearse.

—¿No vas a tomar nada? ¿Ni el café con leche? Estás distraída. ¿Te sientes mal?

—Creo que todavía tengo sueño. Ya no debía ¿verdad? No es nada. No te preocupes. Ya me sirvo la leche.

...Te sirves la leche. Es muy simple cada día si uno lo ve como yo. Tan seguro de que va a pasar cada hora, si uno quiere o si uno no quiere, igual. Me lo imagino muy blanco, como nada más lo son las ciudades, cuando son blancas. Cada hora es un soldadito de plomo. ¡Qué ridículo, Dios mío! Pero no sé, a pesar de todo...

...Sí, no te preocupes. La leche todavía echa humo, todavía está caliente. No hay que aclarar demasiado el café. Un poco. Como me gusta. Basta. Todas las mañanas hay que empezar otra vez. Eso es lo malo. Cuesta trabajo. Y uno se confía. Piensa que hoy sí... Que ahora no se va a quedar sin nada.

...Él no se pierde un detalle. No se le pasa nada. Casi la asusta con eso de la leche. Basta pensar que el día va a ser así, como a uno se le ocurra, sin hacer esfuerzo. Lo bueno del cuarto es eso. Sabemos cómo van a ser todos los días, siempre hay algo que hacer.

...Una ciudad blanca, en el Mediterráneo. ¿Por qué ridículo? Cuando era niño así era la ciudad, no había otra, y seguramente así pensaba en los días. Había un paseo sin árboles hasta el muelle. El mundo entero era el mar. Todos los barcos eran iguales. Había cientos de barcos. Me gustaba mucho pararme en el muelle.

...Piensa que va a haber algo distinto. Cuando digo uno digo yo. Yo pienso que va pasar cualquier cosa que no pasa todos los días. Hay que pensar en eso todas las mañanas.

...Se va haciendo largo el desayuno. El café lo tomo a sorbitos y no sé tomarlo de otra manera. Tanto que ya está casi frío. Y así no dan ganas de recoger la nata con la cuchara y ponérsela al pan, como si fuera mantequilla. Siguen lavando platos en la cocina. No sé qué platos, seguramente los de anoche. Siempre dejan algo para el día siguiente. Y no queda más remedio. En mis tiempos era distinto. Tan fieles, tan limpias, tan trabajadoras. Duraban quince años, hasta veinte, y si salían de la casa era para casarse. Como de la familia. Verdaderamente de la familia. Mis tiempos...

...No hace falta que lo digas. Basta con ver cómo te has quedado mirando a la cocina. Entiendo. Es tan molesto... Igual que vivir con extraños en la casa. En realidad eso son. Pero qué le vamos a hacer. Ese día yo me había subido al pozo y con un junco bastante flexible golpeaba las piedras. ¿Qué día? Era un paisaje de cañas bravas. Los demás se habían ido a la sombra. Había hongos blancos dentro del pozo. ¡Hace tanto que no compramos flores! Antes pasaban los vendedores, casi todos los días. Nunca faltaban. Tenía puesto el uniforme largo, de alpaca verde y la blusa de rayas. El pozo tenía lama y la lama siempre ha sido verde. ¡Cómo hacen ruido en el fregadero! Con flores a María, con flores a porfía, que Madre nuestra es... Siempre quise saber quién era porfía. ¡Qué divertido! *Shh...* No se han dado cuenta. Lo he dicho muy bajito. A veces le pasa a uno. Se le sale algo sin querer.

—¿Qué te pasa? Nadie estaba hablando. ¿A quién estás callando?

—De veras que no sé. Creo que me callaba yo misma. Esas locuras... No me hagas caso. Tenías razón en eso de lo distraída.

—Es el tiempo. Resulta desesperante. Así se pone cualquiera.

...Sí, natural. Todo es por el tiempo. En vez de disimular. ¿Por qué no harán como si nada? ¿Como

16

si no se dieran cuenta? Eso de querer leerle a uno el pensamiento...

...Estás distraída. Eso es todo. Pero me gustaría saber lo que piensas. Eso no se puede evitar. Dan ganas de preguntarte si ya sabes cuántos agujeritos tiene ese dobladillo de ojo.

...De repente todo podría ser muy fácil. Cambiarse de casa, por ejemplo, mudarse a otra parte. Los muebles se pondrían distintos, ajenos. No parecerían nuestros. Estarían fuera de su lugar, amontonados en el camión de mudanza. Serían muebles impersonales, casi indiferentes. Todas las cosas estarían ligeras, como inocentes. Así pasa cuando uno las quita de donde están y las lleva para otra parte. Vuelven a ser como nuevas. Parece que se las ve por primera vez. ¡Pero qué idea! Así como si nada más fuera cosa... Y sobre todo uno que no sale, ni ve a nadie, ni hace una visita, ni se asoma al balcón, porque ni eso. El mantel, este mantel, lo encargamos a París. Yo iba todavía al colegio pero ya me ocupaba. Ya tenía que ver con esas cosas. Revisábamos los muestrarios, los veíamos a la luz para estar seguras. Los encajes, las aplicaciones, las lentejuelas, los festones, las trencillas, los bieses. Aquel vestido negro que era un ascua de azabache. Me cuesta trabajo saber cuándo. Me confundo. Y a lo mejor no hace tanto tiempo. O sí hace. Él sabría cuánto. Me diría una fecha, un año, un mes, y con eso se quedaría contento, me habría quitado las dudas y habría puesto todo en su lugar. Nunca pensé que... Y ahora es otro mundo, casi casi otro siglo, no soy yo, del todo. Hay algo radiante, definitivo, luminoso ahí alrededor. Los días eran verdaderamente eternos. Y la muerte tan lejos, tan de nadie. De la gente que uno no conocía. De los otros, no nuestra. Nunca nuestra. Nuestras, las persianas, entornadas

17

casi todo el día porque hacía demasiado sol. La brisa después de las cinco. Los sillones frente al balcón. Las mañanas frescas. Los chaparrones. El invierno. Soñarlo. Desearlo. Todos los años. Ahora me gustaría saber...

—Siquiera no hace ese calor sofocante. Respiramos un poco. Siempre es algo.

—Pero los truenos... Siempre me han hecho tanto efecto. No lo puedo evitar. Ya debería haberme acostumbrado. Si uno no se acostumbra a esas cosas...

...Respiramos un poco. Apenas, apenas. Sigues acariciando el mantel, pero piensas en algo. ¡Tan alegre que eras! Una niña maliciosa, juguetona. Todavía una niña. Me dejabas y no me dejabas compartir. Era como jugar a las escondidas, o a las prendas, y tú la disimulabas siempre tan bien, precisamente en la otra mano. Yo te dejaba. Me gustaba verte jugar. Creías que podía adivinarlo todo. Y tratabas de que me pareciera a ti. Siempre jugabas a lo mismo y nunca te aburrías. Incansable. Excitada como si acabaras de correr mucho, cuando yo llegaba, siempre a la misma hora. Sigo llegando a la misma hora. De la casa a la oficina. De la oficina a la casa. ¡Y pensar que todo pudo ser distinto! En algún momento por lo menos. El primer día te llamé por teléfono. Te dije algo. Algo que estaba de moda. Era una frase sin sentido. No quería decir nada. Todo el mundo la repetía. Servía para todo. Te había visto y conseguí el teléfono. Luego pasé muchas veces por delante y te quedabas detrás de la persiana. No dejas de acariciar el mantel. No lo puedes evitar. Parece que te mueven la mano. Y ahora tan encerrada... Todo se ha ido poniendo tan viejo... Quiero darte gusto, ya lo sabes. Pero dime ¿qué se saca?

18

—¿Qué sacas con eso?
—Nada. ¿Por qué me preguntas? ¿Qué más te da?
Me gusta sentir el hilo fresco. Tocar la tela. Es tan
agradable. Mira. Tócala.
—También está húmedo, como todo lo demás. Y
frío naturalmente. El hilo siempre...
...Pero no me preguntabas eso. Me preguntabas
otra cosa. No quiero saber qué. Me alegro que no
insistas, que no me obligues.
...Sabes muy bien que era otra cosa, pero te haces. Tienes esa manera... Ha empezado a llover un
poco más fuerte.
—Ayer me estaba acordando. Te iba a decir. Y ahora ya no sé. Esta memoria mía, cada día peor, cada
día... Y me parece que era importante. Tenía que
decirte algo.
—Deja de pensar, mamá. No hagas esfuerzo.
Cuando menos te lo imagines, de repente, te acuerdas. Así pasa. También la memoria, con los años,
se va poniendo...
—¡Yo que siempre la tuve tan buena! Me acordaba de cosas que nadie, ninguno de ustedes... Tu
padre me lo decía: "Tú vas a conservar el cerebro
hasta el último momento. Esa cabeza... Ya la quisiera yo para mí." Y es que el pobre tenía tan mala
memoria. Por más que hacía, que trataba...
—Ya ves, ya ves, nunca se sabe. Piensa uno una
cosa y después resulta... Pero eso es lo de menos.
Te aseguro que no tiene importancia. Mientras se
conservan las facultades...
—Lo dices para que no me preocupe, para que
no me ponga a darle vueltas. Pero yo sé muy bien...
Yo sé muy bien...
...Yo sé, tú sabes, él sabe, nosotros sabemos. Y yo
diciéndote estas cosas. Yo prestándome. ¿A dónde
vamos a parar? Yo te digo, tú me dices, él nos dice

y no nos decimos nada, Dios mío, no nos decimos nada. Los pescadores ponen las redes en las rocas y los pescados amontonados todavía se mueven un poco. No sé si todavía... No he vuelto a ir al malecón. El aire le levanta a uno el vestido y le enreda el pelo. Por allí casi nunca se ven gaviotas. Cerrando los ojos es más fácil. El reloj que fue de su padre está en la gaveta de la cómoda y tiene una manecilla desprendida. Ya no se consiguen esas manecillas, ni aunque uno quiera. Duérmete Natacha que irás a la boda, que irás a la boda, que irás a la boda. No voy a dormirme, voy a despertarme. Volver a hablar rápidamente. Decir algo. O si no...

—Hace mucho tiempo que... Pero no sé. Seguramente estaba pensando en algo y creí... Lo tenía en la punta de la lengua. ¿Ves, mamá, que no sólo eres tú, que también a mí, que a todo el mundo le pasa lo mismo?

—Tienes razón. A todo el mundo. A todo el mundo. ¿A usted no le parece?

—Sí, a todo el mundo. Y sin embargo yo, es muy raro que... No es presunción pero si se hace un esfuerzo por no distraerse, por estar en lo que se está, por no pensar en las musarañas...

...A veces no soporto que seas tan frágil, tan vulnerable. No sé qué es lo que pasa. Esta levitación... Ni los muebles ni nosotros tocamos el suelo. Cosa de un instante, ya pasó. Debe ser algo de la luz, como está tan nublada, indecisa. Todavía sigue esa inercia. No parece del todo de día. El aire y la luz están descontrolados. Increíble que yo... Salir cuanto antes. Eso es lo que tengo que hacer. Irme a la oficina. ¿Por qué me sigues mirando? Tienes razón. Perdóname. Se dicen cosas sin querer. Hacer algo para componerlo. ¿Pero qué? Para borrarte la impresión. Qué bueno que entiendes, que miras para

20

otro lado, que empiezas a ponerle mantequilla al pan. ¡Qué descanso! No sé muy bien qué es, pero casi diría... Es como si hubiera alguien más. Hasta el punto que nos desplaza y ya no quedamos ninguno de nosotros sino eso. Seguramente por cosas así había conjuros. Para estos casos. Pero de veras que desvarío. Ya no sé ni qué estoy pensando. *Confetti hay que verlo con lente.* ¡Eso es! Eso fue. La broma de aquel día. La llamada por teléfono. ¡Qué ganas de reírme a carcajadas! Sería cuestión de sorprenderte y recordártelo. ¡Pero qué locura! No volver a empezar. Cuando me miras así parece que te dan ganas de saber cómo te veo, de verte igual que yo te veo. Y eso nunca en la vida, ya lo sabes (a mí también me han dado ganas). Imposible acabarme este café con leche. Dejarlo a medias es un poco vergonzoso. Preferible bebérselo, aunque sea con asco. Es como tener la sensación de estar espiando, de vigilar con sigilo detrás de la mampara. La misma pena que da sorprender a alguien haciendo muecas frente a un espejo. Así me pasa con ese gesto que tienes ahora. Dejadme llorar a orillas del mar. Todas las palabras sirven. Da lo mismo. Niebla. Aneblado. Neblina. Nublado. O núbil. De todos modos se van a quedar muy lejos. El agua rechina al salir de la llave. O antes. Un ruido muy desagradable. Sumamente. Un ruido escandaloso. Mejor diré algo.

—Esa llave está mal abierta. Se debe haber quedado a medias, sin acabar de dar la vuelta, en falso. Deberías ir a ver.

...Ha sonado tan discordante porque no estaba previsto. Te quedaste asombrada, como si no supieras de qué estoy hablando, ni hubieras oído nada. No sabes a qué atenerte. No te levantas y me dejas confuso, un poco humillado, incapaz de demostrar alguna autoridad. Contaré hasta diez mientras espero. Uno. Dos. Tres.

...Si ella no se levanta para ir a cerrarla lo haré yo. Es como torturarse por gusto. Hacerse cómplice. ¿Cómplice de qué? Realmente no me atrevería... De todos modos, no es mejor eso que no oír nada. De eso estoy segura. Sigue haciéndose la desentendida. ¿Hasta cuándo? Me empieza a angustiar mucho. Casi tanto como los truenos. Puede llegar a ser mucho peor.

...Se ahoga el agua. Es como un quejido. Pero estas palpitaciones a la vez... No puedo levantarme. No en este momento. Esperar un instante. No podría articular una palabra. A veces me parece que estoy en otra parte y tengo que hacer un esfuerzo muy grande. Si digo algo no tendrá nada que ver. Será para sentirme muy confusa y ponerme colorada. De todos modos, tenía que empezar a sonar eso. Yo tenía un poco de miedo. Es mejor tenerle miedo a algo, miedo a oír ese ruido destemplado. Mejor que tener miedo sin saber a qué. Mucho mejor. Sí, ya sé que tengo que levantarme. Me estás forzando, como si de veras pudiera pasar no sé qué. Todo depende. Rápidamente atrapar algo. Atrapar las gaviotas que no estaban, o las cañas bravas, o el lugar donde saltaban los pescados, o la brisa, o la sombra donde se fueron a sentar. Echarle una red encima. Juntarlo todo y lanzarlo como luces artificiales. Conjurado. Terminado. Se abre una brecha por donde puedo colarme, decirte que tienes razón, que es muy molesto, que cómo es posible tanto descuido, que ya voy, que vuelvo en seguida.

—No sé cómo lo soportan allí en la cocina. Voy a cerrarla.

—No es nada pero se empieza uno a poner nervioso. Como si... ¿No es verdad?

22

—Sí. Muy desagradable. Pero ya la cerró. No les importa nada. No tienen consideración.

—Casi ni salía el agua. Ya dije que hay que tener cuidado.

—Si no es porque yo...

...Parecía oportuno y sin embargo... Buscar algo mejor. Algo original, que merezca la pena. Que te admire. Que te haga mirarme de otra manera. Pero ni siquiera alguna cosa trivial.

...Ahora aunque quisiéramos. No podríamos volver a ese momento antes de oír cómo hacía ruido la llave. No nos dábamos cuenta pero había algo que empezaba a hacerse y ahora se ha roto. Tengo mucho que hacer. Por suerte las dos tenemos mucho que hacer. Hasta ahora nunca hemos estado allí un buen rato. Si hoy terminamos todo... Ya no veo las horas. Ir algún día a Filadelfia. Siempre he tenido ganas. Averiguar si Filadelfia es un puerto de mar. Me está hablando hace rato. Hacer un esfuerzo por oír. No cuesta trabajo. Hazme caso. Oye.

—...llegaré un poco más tarde. Tengo mucho trabajo. Quiero decir que al mediodía... Y por la tarde saldré un poco después que de costumbre.

...Con qué despreocupación, con qué audacia, como si por esa pequeña demostración de autoridad... Hablar así sin calcular, sin medir nada, para borrar cualquier sensación... Ahora me lo puedo permitir. Me puedo dar el lujo. Aunque sea un capricho. Tendrás que dejar de fijarte tanto en los bordes de la taza. Vas a contestarme algo porque no te puedes quedar así. Vas a tener que decir que sí, que aceptarlo como si fuera lo más natural. O vas a tener que decir que no, y entonces tendrás que pedirme que venga al mediodía. Una de dos. Una de dos. Espero.

—¿No vas a almorzar aquí? Me decías ¿verdad? Entonces voy a aprovechar y a hacer algo ligero. Para nosotras dos, ya sabes, no nos hace falta...

—Pero si crees que... Trataré de hacer un esfuerzo. No es indispensable, después de todo. No sé qué pensarás. Ya sabes que si me necesitas no tienes más que decirme. Si no quieres estar sola... Si prefieres...

...Como si dijeras: *"Todavía estás a tiempo. Puedes arrepentirte. No importa. Nadie te lo tomará a mal."* Porque no te esperabas que yo, con esa facilidad... Yo también me sorprendí un poco. Como si no hablara yo precisamente, como si las palabras se dijeran solas. Y es que me molesta, no sé, que estés tan pendiente, como si algo me fuera a pasar. Ya te has levantado, ya te has despedido (si ya te hubieras levantado, si ya te hubieras despedido) y el desayuno se ha quedado (ya se habría quedado) completamente terminado y las dos estamos (estaríamos) solas en la casa. Ya es el día de nosotras. Tu día de afuera es distinto. Por eso a veces... ¡Qué raro! No sé por qué me dan ganas de comer un dulce muy dulce. Miel sobre hojuelas. Ni siquiera sé lo que es. ¿A qué sabrá comer miel sobre hojuelas?

...Esa manera de hablar. De tardar tanto en contestarse. ¿Para qué? Daría igual que hablaran solos.

...Tropiezo con lo que digo, qué vergüenza. En seguida veo mis palabras afuera y ya me parecen ridículas. Como se ve uno en esos espejos que deforman. Tanto trabajo para no tartamudear, para no decir una letra por otra. ¡Todo se enmaraña tanto! Si estuviera claro lo que quiero decir. Pero hablo más de la cuenta. De verdad que sí. Y digo algo y es como si se pusiera eso a hacer piruetas, a gesticular mucho delante de ti. No sé si te divierte,

24

pero me parece que sí. Siento que me estimulas a seguir el espectáculo. Hasta que te canses y des una palmada. Pero es más fuerte que yo.

—Después de todo, el trabajo puede esperar. Es verdad que después se acumula pero... Me importa más que estés tranquila. Si yo pudiera todo sería poco...

...Ponerme a jugar con la taza. Con cuidado. ¡Pero cómo iba a saber! Esa mancha tan redonda, como si dijéramos tan perfecta. No pensé que hubiera café ahí debajo. Por algo me molestan tanto estas manchas. Casi casi me siento colorado. Para mí es como si fuera a agrandarse, a llenar poco a poco todo el mantel, a bajarse por las patas de la mesa y treparse por las patas de las sillas, por las piernas de los tres. Nos quedaríamos sumergidos en un líquido espeso, no sé por qué también vergonzoso. ¿También qué? Taparla antes de que ella...

—Lo siento. No sabes cuánto. Un verdadero descuido. No te levantes. Yo mismo podré. No será nada.

—Lo limpiaré en seguida. A ver, déjame. Le pasa a cualquiera. No te molestes. ¿Para qué te levantas? Antes de que quede la sombra y se vaya a hacer un mapa.

...Frotar en círculo. Así, siempre he sabido cómo. Punto final. No seguir aquí en la mesa. Inútilmente. Aunque me conmueve lo que haces. Tu manera de intentarlo. De querer llenarlo todo antes de irte. Toda la mañana que voy a quedarme sola o todo el día. Con esos gestos un poco exagerados y todo lo que me dices para que se quede flotando. Si pudiera explicarte. Tengo bastante. Me basta con todo lo que tengo que hacer.

—Todo es saber hacer las cosas. No ahogarse en

un vaso de agua. Y los hombres siempre... Ya está. Ni que mandarlo a lavar. Ya ves qué fácil. ...Qué fácil. Pero no tanto. No tan fácil derrotarme. Hacer como si no me diera cuenta de que estás apurada y doblar en cuatro la servilleta como un pañuelo, en vez de... Inventar algo en seguida.

—El agua está un poco... Como si el vaso no estuviera limpio. ¿No te importaría...?

—¿Quieres que te traiga otro vaso? Sí, cómo no. ...Un subterfugio más. Ese miedo que tiene ahora de irse. De dejarme sola. Como si dijéramos sola porque ella... Pero no se lo puedo explicar. Si pudiera sería muy bonito. Igual que los trucos de los magos que sacan conejos de la chistera. Sería como un regalo y yo lo sacaría de debajo de la mesa. Pero no puedo. Recoger con mucho cuidado las migajas del pan, todos los trocitos de corteza alrededor del plato. Apartar los pedazos de migajón. Hacer bolitas minúsculas. Una montaña y caminitos. Y volver a cerrarlos. Disimulas pero me estás mirando.

...Hago como si no te mirara y tú lo mismo. Pero yo sé que sabes que te miro y que sabes que yo sé que sabes que te miro. Uno de mis dedos va siguiendo a uno de los tuyos cuando recoges las migajas y llenas círculos y los atraviesas de arriba a abajo con líneas paralelas y vuelves a llenarlos y trazas diámetros y radios y formas imposibles triángulos iguales. Vuelve a sonar mucho la lluvia en el pasillo. La verdad es que no sé si había dejado de llover. Recoger el paraguas antes de salir. No, mejor el impermeable. Que no se me vaya a olvidar. Algunas veces se me olvida.

—No me explico cómo. Pero se ha hecho tarde. Y es que ese reloj... No me había dado cuenta que está parado. Tendré que arreglarlo. Se paró en las ocho. *De anoche por supuesto. Recuérdamelo.* No se te olvide.

—Pero tu reloj... Tu reloj siempre está bien. No sé cómo hoy...

—Me distraje. Con lo de la llave y luego la mancha. No sé. Bueno, hasta luego. No me detengo. Trataré de venir temprano. De todos modos puedes llamarme, si me necesitas. Hasta luego.

—Hasta luego.

—Hasta luego.

...Las dos al mismo tiempo. Ni demasiado bajito, ni muy alto, en el mismo tono. Parece que nos pusimos de acuerdo. No nos apuramos tampoco. Y ahora no nos hablamos. Yo últimamente prefiero hablar poco. Y ella que tampoco habla como antes... Y eso que debe estar impaciente. Yo todavía tengo que hacer en mi cuarto. Todavía antes.

...Como si lo mismo hubiéramos podido decir otra cosa: "*¿Por qué hasta luego? Hay tiempo todavía. Todo el tiempo. No hace falta apurarse. Esta mañana nadie lo notaría porque nadie llegará a tiempo. Está lloviendo. Cuando llueve la gente no llega a tiempo. ¿No sabes eso?*" Algo así. Pero no: *Hasta luego. Hasta luego.* Y esperas a que me levante. Todavía no suena el pestillo de la reja. Yo sigo con los dedos encima del pan desmoronado y tú con las dos manos puestas así, a cada lado del plato. Como en las estatuas, cuando vienen y lo encantan a uno. También los corredores, en los noticiarios, en cámara lenta. Los interrumpen en un gesto ridículo sin pedirles permiso. Nosotras igual. Pero no podemos quedarnos así. ¿Por qué? Porque no. Si no, me va a dar mucha risa. Empezar a mover como si nada las piernas. Recoger los platos, llevarlos a la cocina. Pero no. Esperar a que los recojan. Como todos los días. Levantarme nada más.

LLOVÍA. *Las gotas caían espaciadas y duras. Había otras en sordina, como un acompañamiento tímido, bastante lejano. Sin transición, el tic-tic de las gotas se hacía más rápido y empezaba a escucharse un ruido áspero, de agua que caía en pequeños y luego en grandes torrentes. Era el aguacero. Detrás de las ventanas, de las paredes, de las puertas cerradas, de las persianas ligeramente entreabiertas había un repliegue, un intervalo. No pararía de llover.*

Después vendría una lluvia suave, ligera, casi furtiva. Largos filamentos de agua, intermitentes, que despejarían el aire y tenderían hacia el interior de las casas una frescura amable, prometedora; una lluvia sin prisa, tranquila; que caería blandamente sobre los charcos de los patios, de los pasillos sin techo, de las azoteas y haría una cauda de rápidos círculos que se abrirían para volver a cerrarse, sin cesar. Una lluvia más gruesa, madura, complacida, que empezaba a descender lentamente, de tal manera que el cambio era imperceptible y sólo los que tenían el oído muy fino y acostumbrado a reconocer esas variantes podían apreciar desde adentro que estaba lloviendo de otra manera. Una lluvia pastosa e imperturbable, que formaba una espesa cortina protectora más allá de las persianas entornadas, de los cristales de colores nublados por el agua, de los cristales esmerilados que no dejaban ver para adentro ni hacia afuera. Una lluvia precipitada, estentórea y violenta, que caía oblicua, vertiginosamente, sin discreción, ruidosa y obvia, despreocupada y arrasadora. Una lluvia que parecería definitiva e interminable y que, sin embargo, cesaría de repente con la misma imprevisión, con la misma indiscreción, cuando ya todos hubieran empezado a acos-

tumbrarse, a instalarse detrás del cristal, del postigo vuelto a entreabrir.

De cuando en cuando, el ruido encadenado de los truenos y la descarga excesivamente prolongada del rayo que pudo caer más cerca, sobre el espejo, desgarrando el cielo plomizo, ya muy bajo y amenazador, o sobre cualquier cosa.

La lluvia volvería a caer apaciguada, picoteando las paredes, dejando gotas redondas y temblorosas en los vidrios, en las hojas más lisas, más verdes, en el polvillo convertido en lodo ligerísimo.

En las calles largas, se diría sinuosas, sin árboles, el asfalto se oscurecía y tomaba un brillo parejo, casi hermoso. A lo largo de las aceras correrían estrechas corrientes arrastrando papeles, cáscaras de frutas, tapas de lata, girones de periódicos. En los portales, frente al mar, las grietas de losas quebradas, los desniveles del suelo, se llenaban de agua estancada. En los jardines lejanos la lluvia fijaba los colores de los crotos y los mantos, las califas y las malangas y hacía, con la hierba, un colchón blando y chicloso.

LA MAÑANA puede ser muy larga. En el cuarto de al lado suena a cada rato el cubo que golpea los mosaicos. Dos mosaicos y luego cuatro y luego ocho y luego toda una franja de mosaicos se cubrirán de agua y quedarán frescos, relucientes, mientras el resto del piso se verá opaco hasta que todo acabe de cubrirse de agua limpia y la humedad de afuera se exagere adentro con el encierro. Desde allí Laura lo siente y se deja rodear, penetrar y satisfacer por esa frialdad de todas las mañanas cuando se hace la limpieza, acentuada por la lluvia. Ella que no deja sacudir el polvo de los muebles para que no vaya a quedarse flotando en el aire y se vuelva más pegajoso, irrespirable. Por eso ha dicho que basta recogerlo minuciosamente con un trapo de franela.

En un segundo entrará, cuando hayan acabado, y verá si todo se ha hecho como es debido. Segura de que no, de que es inútil y cada día será peor. Siempre lo mismo. Las cosas fuera de su lugar. Los cuadros inclinados y los frascos de cristal trastrocados y los joyeritos de porcelana, la colección, decorados con las pequeñas caras melancólicas en medio de aureolas rosas, o azules, o amarillas, o verdes, o malvas (su preferido), los joyeritos amontonados sin ninguna gracia en una esquina de la repisa. Pero ella está para eso. Para vigilar que el suelo quede bien barrido, que no haya ningún vestigio de polvo en los brazos de los sillones, entre las patas torneadas de las sillas, que los floreros de cristal azules y verdes con estrías lechosas, y los jarrones rojos con margaritas esmaltadas, y las tazas de porcelana japonesa rodeadas de crisantemos amarillos y arbolitos enanos, incrustadas en platos alargados llenos de puentecitos diminutos, ríos color naranja y flores de durazno, y las cabezas de pastoras y de ninfas que reposan y se balancean

tan precariamente en bases de mármol, que todo
eso esté en su lugar y el mármol de las consolas y
los marcos dorados y carcomidos de los dos espejos
más grandes y los canelones de las lámparas que de
cuando en cuando mueve el viento no vayan a que-
brarse en los mil pedazos de un rompecabezas que ya
nunca podría componer. Porque a Laura se le ocu-
rren esas locuras. No puede evitarlo. Es así.

Pero no sólo ella. También su madre se pone a
barrer el cuarto (no deja que nadie lo haga) y a acariciar los muebles con el plumero como si les
agradeciera estar ahí todavía, no haberse escapado
sigilosamente por la noche dejándole otros iguales,
pero falsos, de los que nadie más que ella podría
sospechar, teniendo que ocultar el engaño, que disimular esa especie de humillación secreta, ese rechazo inconfesable de las cosas que uno ama. También su madre (lo sabe, la ha visto) se dedica a
buscar una veta oscura que recorre discretamente
un costado de la cómoda y un lunar grueso, color
caramelo, justamente al lado de la cerradura del
escaparate, donde parece que se concentra y se
hace más densa la consistencia de la madera, y una
grieta chiquita, tímida, que nunca se ha atrevido
a crecer demasiado y Eloísa espía como si... (sí,
que espía en espera del primer signo, del principio
del fin, vaya usted a saber), como si todos los años
que hasta ahora parecían no pesarle demasiado, de
pronto... Y después se queda parada, con la escoba
abrazada, distraída, mirando fijamente la pared, o
atenta a esa fotografía que no le ha dejado quitar
de allí para ponerla con las demás, en el cuarto de

31

en medio, donde se hacen tan buena compañía todos esos detallitos, que parecían nadas antes de juntarlos, las cosas de fulano o mengano, todo lo que se ha ido quedando, y los retratos de familia, los que estaban regados por todas partes. Fantaseando, eso es. Como si le bastara ponerse a mirarla para meterse allí adentro y sentarse en la misma *chaise-longue* y dejarse rodear por los niños y las niñas, con sus bucles y sus medias largas y sus pantalones bombachos y sus vestidos tableados y que algunos se sienten en el suelo y le sonrían y sentirse recubierta por algo así como un baño dorado, el prestigio de esa escena concluida, completa, irrevocable. Aunque sea tan doloroso, ella misma se lo ha dicho. Tan inútil como caer en una trampa que se tiende uno mismo para salir con una desgarradura en la mano, con un pedazo de piel menos, como si hubiera perdido la parte más oculta, más delicada del cuerpo. Como si no supiera. Por eso la llamará cuanto antes y se pondrán de acuerdo y cada una se dedicará a lo suyo. Pero todavía no terminan la limpieza. Preferiría que se apuraran. Porque mientras oiga que siguen limpiando el cuarto de al lado no sentirá que ya ha tenido tiempo de dejar listo el suyo y no saldrá. Y se quedará envuelta en esa cosa irreal y lejana de la fotografía. Sí, pero también no sólo de la fotografía: de pérgolas con rosas rojas, niños que juegan al aro, risas y murmullos, plateas redondas, arañas pendientes del vacío, chispas de brillantes, cabellos entrelazados en un perfil de oro. Y todo eso estaría muy bien, hasta podrían hablarlo tranquilamente, quitarle en todo caso cualquier imprecisión, ese temblor que casi no se nota (ella sabe lo que es eso...), conversarlo, ponerlo en palabras claras que se recortarían como letreros indudables, dignos de confianza. Podrían, si solo se pusieran a coser los últimos forros o a vestir las muñecas de porcelana que todavía están desnudas, porque apenas les retocó las caritas el otro día y les compuso algo los rizos del pelo (todas lo tienen rojo, nunca se había fijado), pero no ha habido tiempo para los vestidos, con tantas otras cosas. Le parece estarla viendo. ¡Es tan fácil imaginárselo! Si no la llama pronto (no la llamará pronto) seguirá en las mismas, no podrá evitarlo. Tendrá esa sensación (¡si no la conociera tan bien!), esa sensación de duda, de sospecha, la anticipación apenas presentida del desastre. Y entonces todas esas escenas, todas esas imágenes, una tras otra, se romperán en varios pedazos (como ella se imagina que las muñecas y las consolas y las lámparas), se estrellarán como si alguien dejara caer todo el peso de un puño sobre un cristal muy frágil y los fragmentos se quebraran sobre ella y llenaran todo el suelo, que se pondrá a barrer otra vez como en un vértigo, como si efectivamente estuviera cubierto de cristales rotos, de pequeños y peligrosos cristales astillados, de invisibles alfileres afilados de cristal capaces de atravesar las suelas gastadas, adelgazadas, de sus únicos zapatos.

Todavía no es media mañana pero no hay que dejar pasar el tiempo. Debe apurarse. Apurar la limpieza. Apurar a su madre. Evitar todo eso. Lo hará en seguida. Está sentada delante de la ventana, con el postigo abierto, mirando las rejas pintadas de blanco, cubiertas de herrumbre, las plantas del pasillo cubiertas de gotas gruesas y la llovizna. ¡Si pudiera apurarse!

33

Está sentada en el sillón justamente frente a la ventana. Pero la ventana es otra y ella está agachada, con las rodillas entre los brazos, sobre un pretil muy frío suspendido en el aire (es como si estuviera), mirando unas hojas flotantes, unos lotos abiertos sobre las hojas anchas, en el estanque que está abajo, en el jardín. La llaman y se acercan pasos y se alejan.

El cuarto se sumerge en esa penumbra húmeda, semioscura. Por el postigo puede ver la luz grisosa de afuera pero, si dirige la cabeza ligeramente hacia la derecha, verá la mampara recortada por una luz más clara del otro cuarto, la mampara pastosa y densa, opaca, sin irisar el reflejo que a pesar de su claridad no alcanza a arrancar ningún destello del cristal. Con esa realidad que tienen algunos objetos en los sueños, duros, compactos, impenetrables, que aparecen en medio de la neblina, de la vaguedad del aire.

La mampara.

Apenas se distinguen los muebles, mezclados en su color indefinido al amarilloso de las paredes, fundidos, como una sustancia blanda, cremosa, capaz de darse todas las formas, a la manera de una máscara de goma. Recamados de flores, coronas, tiaras, guirnaldas, ramos colgantes, aligerados con el tejido frágil de la rejilla en el respaldo de la cama, en las mesas de noche, en el tocador. Le gustaría darse prisa.

Pero algo se lo impide. Algo blando, que podría endurecerse si ella se moviera. Algo secreto. Eso es. Una vida secreta latente a su alrededor. No hay que agitarla. Ni removerla. Tiene la impresión de que bastaría un gesto demasiado brusco, una palabra dicha con imprudencia, para romper la barrera, el engaño de la costra lisa de las paredes, de los mue-

34

bles. La sensación de sostener en la mano una copa de cristal finísimo que no resistiría a la nota ligeramente más aguda de una soprano y mucho menos al trino entusiasmado de una flauta.

Por eso, se dice, es preferible quedarse quieta mientras pase. No provocarlo. Después de todo no puede durar mucho. A lo mejor no es nada. Un pequeño desorden que se imagina, que no saldrá a la superficie. Parece que ha escampado. Sólo espaciadamente, a largos intervalos, se deslizan nuevas gotas gruesas sobre las hojas, gotas donde se han juntado otras más pequeñas, gotas que se han hinchado y descienden con aplomo, para nutrir los lagos redondos que se sostienen, sin salirse de sus límites, sobre las hojas generosamente extendidas y se resbalan y caen en seguida a la tierra desde las otras hojas más finas, delgadas y largas.

Si se decidiera a buscar a su madre, a abrir la mampara, a ver si ya han acabado, a hacer como si no hubiera ninguna amenaza... El gesto que esboza su mano vacía, meciendo un abanico imaginario, es la repetición inútil, hueca, del gesto verdadero, arraigado a todos los nervios, a todos los músculos de su brazo derecho. Son tan desagradables esos lapsus. Como si alguien la espiara, mira furtivamente a su alrededor antes de dejar caer el brazo, pesadamente, sobre las piernas. La piel se le ha ido cubriendo de un sudor tenue, una secreción depositada sobre cada uno de los poros abiertos y aprieta los puños para que la piel se vuelva más tensa y se distingan las gotas, una por una.

La misma humedad caliente, pegajosa, en la espalda, en la frente, en los muslos, en los antebrazos, entre los tobillos cruzados. Sería mejor estar sudando en otra parte, debajo del sol, en el mar (¡qué idea extravagante, si nunca se ha puesto deliberadamente al sol, si jamás ha sabido lo que es quemarse!). Quizás así va a ser toda la mañana. El postigo, los barrotes herrumbrosos, las plantas, el muro que sube del patio y tapa la vista de la otra casa. Con ganas de ver una mariposa (como si hubiera la más remota posibilidad). Siquiera un mosquito. O sentir el bordoneo de una mosca (en el comedor aparecieron dos moscas, seguramente las atrajo la comida). Esperar a que se posara sobre la piel húmeda y dejarla estar un momento y luego despedirla con la uña del dedo índice presionando sobre el pulgar. Pero ni un mosquito ni una mosca. Los ratones no le repugnaban. Antes los veía salir de los agujeros. Ahora no. Quizás no ha puesto atención. Tampoco ha oído de noche a las cucarachas. Podría inventar historias de gatos grises y blancos que recorrerían la casa por la noche y desaparecerían por las azoteas todos los días al amanecer. Historias de gatos monteses con los ojos brillantes que la asustarían de pronto en la oscuridad, de pequeñas panteras negras que anduvieran sigilosamente por los cuartos del fondo y se fueran y vinieran por las escaleras casi podridas del último cuarto, de ratas con ojos transparentes y muy claros como si fueran pájaros, de insectos sedosos y fosforescentes, de luciérnagas doradas y murciélagos inofensivos, cubiertos de un suave vello rosado, como de fieltro.

Se deja penetrar poco a poco por una especie de molicie física, incómoda y grata, y se imagina llena de esos plomitos ligeros, cosidos a los dobladillos de los vestidos para darles mejor caída. Algo así. Recuerda que se había propuesto levantarse, abrir la mampara, llamar a su madre. Lo recuerda con una complacencia visceral, voluptuosa. Como acepta que va pasando la mañana y hay tantas cosas que ha-

cer y bastaría un poco de fuerza de voluntad. Bastaría. Es un placer darle vueltas al proyecto, hacerlo rodar para que se agrande como una bola de nieve, convertirlo en una hazaña, algo que podría contarse después como un acto heroico.
Cada instante podría modificar toda la mañana. Cada uno parece capaz de bifurcarse en dos direcciones muy claras, que se dividirían a su vez en otras dos, que se convertirían en dos más y así al infinito. Todo transparente. Nada semejante a un laberinto. Dibujaría el esqueleto de un árbol y cada rayita negra sería el incentivo de lo desconocido. Hay dos posibilidades: levantarse y abrir la mampara o quedarse sentada en el sillón. Si se levanta y abre la mampara, podrá entrar al otro cuarto y revisarlo o mirarlo desde la mampara y cerrarla y volver a sentarse. Si entra, podrá llamarla en alta voz o no llamarla. Si la llama, su madre podrá oirla o no oirla y si la oye podrá venir o no venir. Y si se queda sentada donde está podrá mecerse o dejar de mecerse y quedarse quieta y dedicar toda la voluntad (si fuera necesario) a no hacer el menor movimiento. Pero están, además, las otras posibilidades: levantarse y no caminar hacia la mampara que da al otro cuarto sino dirigirse a la mampara que da a la sala. Abrirla y quedarse allí de pie mirando la sala o no abrirla y volver a sentarse. Y si la abre, podrá atravesar la sala y llegar al balcón y entornar una de las persianas para mirar un poco la calle o acercarse solamente a la ventana y darse la vuelta y volver por donde vino sin haber intentado mirar hacia afuera. O, si se decidiera a entornarla, podrá limitarse a espiar, como si dijéramos, o abrir de par en par la ventana y salir al balcón. Pasar el quicio inclinado, resbaladizo y estar afuera. Si no lloviera en ese mo-

mento, ni empezara a llover después, podrá quedarse allí mucho rato, un buen rato, indefinidamente. Hasta pasarse la mañana en el balcón.

Juega con esos proyectos como si se quitara un anillo y lo hiciera girar cada vez más de prisa en la punta del dedo, a ver hasta dónde. A ver cuándo se cae y se va rodando debajo de un mueble y no hay duda que ahí está pero no aparece por ninguna parte. Sin dar un paso. Como si tantas posibilidades mataran una sola posibilidad. Como si saber que tiene tanto donde escoger no le dejara escoger siquiera entre levantarse o quedarse sentada en el sillón. Además, aunque quisiera. No depende de ella. No está sola. No se había engañado. Allí está esa sensación. Eso que puede abrirse y desencadenarse en cualquier momento. Esa especie de agujero desmesurado, en alguna parte, o en todas partes, obra de ratones gigantescos, algo que no se puede tapiar, ni .cancelar, porque se disimula, se disfraza, se cubre de inocencia con la opacidad, la densidad simuladora de los muebles, pero que está a la expectativa, para abrirse y volver a cerrarse y tragárselo todo como un embudo. Un agujero como un mundo, poblado de innumerables criaturas que no dejan nunca de estar ahí para dar el salto, para apoderarse del terreno cuando uno esté más desprevenido.

Como ahora. Ahora que todo conspira para no dejarla incorporarse de una vez, dar unos cuantos pasos y empujar la mampara. Ahora que casi podría palpar esa densidad a su alrededor, esa invasión de humedad y calor al mismo tiempo que otra cosa (¿cómo llamarla si nunca lo aprendió?), un peso aplastante del techo que hubiera descendido de repente y se recargara sobre un solo punto de su cabeza o del aire materializado, como una barrera impenetrable a su alrededor.

Y entonces se da cuenta. Los barrotes de la reja se retuercen y se abren para dar paso a la avalancha. Las plantas, las hojas, los tallos crecen, se deforman, se convierten en caricaturas agigantadas de sí mismos, fuerzan la reja, reptan por el suelo, se trepan por las paredes, por el techo, por los muebles, convertidos en enredaderas hinchadas, en lianas elásticas, en una vegetación parasitaria, húmeda, que penetra en todos los resquicios, que no perdona un rincón, ni los claros que dejan los muebles, ni el interior de los muebles mismos, que se adueña del cuarto y parece absorber todo el aire porque la deja sofocada, respirando difícilmente, ávida de llenarse los pulmones, presintiendo la asfixia. Está en medio de un vivero en multiplicación constante, que invade todo el espacio encerrado entre las paredes, se abre paso y las horada, lo mismo que el techo, invade el otro cuarto y el otro y las demás piezas y las escaleras y sale a la calle y se vierte sobre la ciudad con su proliferación desproporcionada, con la amenaza de una vida incontenible, que derriba puertas y ventanas y se abraza a las columnas y llena los portales y atrapa a la gente con sus tentáculos y se los traga como una sola, inmensa, monstruosa planta carnívora.

No sabe qué la ha preservado. ¿Qué le permite seguir sentada en el sillón, delante de la ventana, rodeada por esa ebullición arrasadora, intacta? ¿Qué le hace respirar todavía y jadear y sentir que mueve sin coherencia los brazos y la cabeza y que tiene miedo? Ya no hay misterio. Ni vida secreta. Ni amenaza oculta, imprecisa, indefinible. Sólo esa certidumbre de que tenía razón y, de un momento a otro, aquello podía volverse compacto y llenar el vacío aparente, todo el espacio donde habría podido moverse. El presentimiento latente se ha convertido en miedo. Miedo a otra vida animal que adivina más allá de las plantas y los muebles y las paredes. Que prueban los agujeritos redondos, mínimos, en los brazos del sillón, donde trata de introducir el borde de una uña sin conseguir más que dispersar una minúscula película de madera hecho polvo, un polvillo que sólo se descubre con el tacto y que, en un gesto inexplicable, vuelve a reunir en torno al hueco del comején. No hay duda. Las tablas de las puertas, los balancines, el interior de los muebles, todo está hueco, trabajado, recorrido por caravanas de pequeños insectos ávidos de devorar, de socavar subrepticiamente el orden de su mundo, de enseñorearse de la casa, de irla desmoronando, vaciando, reduciendo a su propio esqueleto, al cascarón de la corteza de las paredes, de los marcos de las puertas. Es tan fácil verlo. Verlo como el espectro de uno mismo en una radiografía, retratado con esa penetración suspicaz que tiene ahora su retina. Contemplar la mampara convertida en un afinado encaje de cristales en vilo, la tela de araña de las paredes corroídas por termitas (nunca las ha visto, no está segura, pero casi), el milagro de una construcción sostenida sobre el vacío, minada por esa inundación solapada de otra vida que podría llegar a alimentarse de la suya, que lo está haciendo ya en ese instante, sorbiendo ávidamente la médula o el tuétano o como se llame de sus huesos.

Respira pesadamente, con la boca abierta, sintiendo el ruido del aire que entra y sale como si necesitara de esa prueba para saberse viva, para convencerse de que no se ha consumido nada, y con el deseo violento de llenarse la boca de agua helada.

Quizás, después de todo, podría levantarse para ir a tomar un vaso de agua.

En el pie derecho, como alfilerazos, empieza el hormigueo que precede al calambre. Sube, se apodera de la pantorrilla, que a la vez empieza a pesarle enormemente y a carecer de peso, como toda la pierna que parece anestesiada y no deja de trasmitirle sensaciones intensas, que acaba por sentir como ajena, de tal manera que podría levantarse y abandonarla en el sillón sin que le hiciera ninguna falta para caminar y alejarse, salir del cuarto y del pasillo y bajar las escaleras y salir a la calle.

Ya no oye ruidos en el otro cuarto. Han retrocedido como la marea vegetal que ha vuelto a su nivel y los minúsculos monstruos invisibles que se han replegado. Todo desinflado, como un globo que se pincha con un alfiler. Ella también. Clavada en el sillón y al garete. Pero atenta. Vigilante. Cuidando no dejar pasar ninguna imagen, ni una sola palabra más. Deteniendo con las dos manos el alud que puede desprenderse, porque apenas lo está conteniendo ahí en alguna parte, que debe ser lo que se llama el umbral de la conciencia. Porque si no va a ver algo así como campos florecidos y mancillados, pájaros fulminados en pleno vuelo, reflejos del sol borrados de pronto en las olas, mañanas y mediodías que podrían ser aplastados despiadadamente. Va a ver muchas ruinas, todas dispersas.

Pero de repente todo es inútil. Tiene la intuición muy clara de que ya no necesita defenderse, rechazar nada, que ha dejado de estar expuesta y no hay nada que temer. Puede deslizarse a esa indolencia vaga, blanda como no sabe qué, como una ensenada, y esperar. Es como tocar la lama resbalosa de unos escalones mojados cuando se mete uno en una poceta de rocas o acariciar la superficie arrugada de un árbol que hubiera crecido debajo del agua. Está protegida.

Por la ventana entra la luz incierta, el cono de sol que empieza a crecer débilmente, contagiado por la humedad, ablandando todas las cosas macizas y transformándolas en una materia musgosa, aparejando los colores en un matiz verdusco y carmelitoso. Laura está de pie en esa luz como intimidada, que se pliega al tono de la atmósfera, a su intensidad disminuida. Y entonces, lentamente, se insinúa de nuevo el pulular de las cosas, la presencia reptante de gusanillos resbalosos, y sabe que tendrá que dejarse llevar, que formar parte de esa extraña animalidad vegetal que se aproxima. No ha estado sola ni un instante. Siempre ha estado ahí ese bullir viviente. Pero ya no quiere aislarse. No tiene miedo. Está dispuesta. Lista para dejarse abrazar por la reja y alargarse, crecer, multiplicarse en las hojas carnosas de un tallo grueso y trémulo que no terminará nunca, cargarse de bayas, sentir cada vez más su propio peso hasta dejar de sentirlo, subir, enredarse, crecer y luego tapar todo el suelo y treparse suavemente a la cama y quedarse allí, como si hubiera encontrado su residencia definitiva.

La lluvia se desplazaba o se extendía a los alrede dores de la ciudad, hacia el Sur, hacia el Oeste. Más allá de los muelles, detrás de almacenes y fábricas o del otro lado, dejando atrás los barrios residenciales había aquí y allá, dispersas, aisladas entre sí por barrios de viviendas pobres o por vastos terrenos baldíos o cubiertos de monte, grandes quintas envejecidas, mansiones deterioradas que, habitadas o no tenían en común el mismo aspecto de abandono. El descuido de los jardines, invadidos por hierbas que nadie había sembrado y que se confundían con el césped hasta formar juntos un espeso matorral indiferenciado, con claros irregulares, les daba la apariencia, bajo la lluvia, de lagunas semidesecadas donde, en virtud de un capricho inútil, se había pretendido edificar. A veces, en medio de la vegetación se abría una piscina, cubierta de hojas secas, de pencas desprendidas de las palmas, de insectos muertos, del polvo acumulado durante años, que ensayaba a llenarse sin pasar de ser apenas un oscuro charco lodoso para los gusarapos y las ranas nadadoras, recubiertas pronto por una mimética costra de fango. Las palmas servían de pararrayos. Esas casas, esos jardines, tenían habitualmente un aspecto lastimoso, casi patético. Pero cuando llovía parecían recuperar su propio escenario, como si estuvieran hechos de la misma sustancia, potencialmente diluibles, susceptibles de fundirse, como si sólo entonces encontraran su verdadera naturaleza. La lluvia no era únicamente su marco, sino que los purificaba, acababa por poseerlos. En los meses de sol, sin ninguna lluvia, el polvo se depositaba sobre los árboles y en las paredes sedientas se acentuaban las grietas y la suciedad. Bajo el aguacero los jardines se diversificaban, se marcaban los senderos, se hacían canales por donde corrían arroyos a

43

lo largo de las verjas, se deslindaban macizos, rincones, donde empezaba a destacarse la vegetación, revelada de otra manera por el nuevo aspecto que tomaba el jardín entero bajo la lluvia. Había algo particular en el color verde tierno de los helechos, de las hojas de los plátanos. Las flores de mármol, al salir de algún tronco ahuecado, parecían conjuntos artificiales hechos de hielo. Las hojas caídas formaban un lecho sonoro que no amortiguaba el sonido del agua sino que lo hacía repiquetear, como fuego que chisporrotea.

Había dos niveles en ese sonido, dos diapasones. Uno, el ruido del agua sobre las copas de los árboles, los penachos de las palmas. Otro, el ruido más cercano del agua sobre la estera de hojas muertas.

Las guanábanas que se pudrían entre las hojas eran abandonadas entonces por las hormigas que corrían a refugiarse en sus cuevas, y el olor descompuesto que daban al jardín esas frutas picoteadas por los pájaros y devoradas por los insectos, se mezclaba al olor húmedo de la tierra removida, se difundía a ras de suelo, iba subiendo y llenaba poco a poco la atmósfera de un perfume ambiguo, casi sexual, que prevalecía en un vaho tibio, un poco dulzón, cuando acababa de llover.

Lo PROLONGARÁ mientras pueda. Cerrará los ojos y se dejará decir *"hace mucho tiempo"*. Y en seguida comprenderá que es como una clave. Que ha dado con tres palabras que le servirán para dar el salto, pasar del otro lado, instalarse cómodamente. ¡Es tan grande la atracción! A toda prisa hay que descartar esa imagen borrosa que pretende entrometerse, reducir a la nada, rápida, bruscamente, el vértigo apresurado de su madre barriendo cristales rotos que se reproducen sin parar. Abrir una trampa disimulada en el suelo y zas, dejarla caer. Como lo vio de niña en un escenario. Una ópera cómica, sí, una ópera cómica. Y el climax estentóreo de la orquesta, los platillos y los aplausos, *Gran finale*.

Decir *"hace mucho tiempo"* y ponerlos a todos en fila, o mejor en rueda, hacer una ronda con los retratos y bailar. Hay algunos que sonríen apenas, como si desde siempre lo hubieran sabido, hubieran estado dispuestos a prestarse, a dejarse hacer trampa con su lejanía, con su pátina, con el tiempo que fue suyo y donde no podría ni debería suceder nada distinto porque todo debió haber sucedido ya, precisamente hace mucho tiempo. Abuelos jóvenes, retratados a los quince años, imberbes, con la mirada nublada por deseos y ambiciones que todavía no se cumplían ni dejaban de cumplirse; tíos abuelos vestidos de niña, contemplando gravemente a los tres años la jaula de un canario disecado; bisabuelas dulcemente tontas, como tenía que ser, tibiamente abrazadas al cuello muy joven de la tatarabuela, entre un revuelo familiar de muselinas; tíos de barba recortada, enmarcando con timidez las mejillas; señoras retratadas de perfil, con la mano distraídamente apoyada en el escote y naturalmente una cascada de bucles sobre los hombros y señoras de raya en medio y bandós, con los ojos muy oscuros y la piel muy pálida, reducidas para siempre al tamaño de la miniatura al pastel, del medallón para colgarse al cuello en una cinta de terciopelo. Sólo los niños tienen algo fijo, intemporal, en la mirada. Los hombres, las mujeres, no miran de frente. Laura los recuerda a todos semejantes, como si los ojos fueran los mismos, la expresión idéntica, un poco triste y ambigua, como si al momento de posar hubieran sentido que los despojaban de algo, que se desprendían de un año de vida o un fragmento de alma, pero como si supieran a la vez que no les quedaba otro remedio, que eso que perdían lo ganaban de otra manera, lo depositaban a su haber en una cuenta definitiva para después de haber muerto, para ser descubierto un día previsto pero imposible de imaginar para ellos, en un álbum, por los ojos de algún nieto o biznieto, inocentes hasta ese momento, percibiendo por primera vez algo impalpable, inquietante, desconocido, misterioso, un aura flotante, el presentimiento avergonzado de la muerte.

Están en el otro cuarto pero se complace en imaginarlos, en moverlos a su antojo como en un juego, como marionetas de cera que ella misma hubiera fabricado, que le pertenecieran para siempre. No es que piense en ellos. Más bien la habitan, los hace encarnar, encontrar el abrigo de su cuerpo, su propia excitación, la euforia que ya la desborda, que se localiza como una presión más intensa dentro del pecho, que tiende a buscar salida a través de la piel, a borrar las fronteras del cuerpo, de modo que no es el corazón sino el cuerpo entero el que late más de prisa.

Es un aviso, la señal de que no debe precipitar la alegría, la sensación de apertura, la distensión, ni abandonarse del todo a ese placer anticipado y deseado, ni perder el control de sus personajes, para no correr el riesgo de que la abandonen y la dejen otra vez vacía, temblorosa, recorrida por una descarga eléctrica. Debe reunirlos antes que se escapen, convocarlos, ordenar su imaginación. Correr alrededor cortinas pesadas, dobles, de terciopelo carmesí. Acojinar las paredes, forrarlas a toda prisa de una espesa tela satinada. Recogerlos entre las sombras y los breves conos de luz de lámparas tibias de seda rosa. Atraerlos, invitarlos a esconderse debajo de las vestiduras gruesas, de fieltro verde, de innumerables mesitas pequeñas y redondas, en espera del momento. El momento en que pueda sentirse dueña de tanta euforia, capaz de disfrutarla con lucidez, libre de dejarse llevar, de danzar entre ellos, de escuchar sin sobresalto cómo la llaman y la incitan a participar, a incorporarse a esa galería de fotografías envejecidas, sepia, manchadas también de humedad, algunas ya a punto de fundir la figura del retratado con el espacio impreciso, color marfil, que lo rodea, revelando una tendencia incipiente a sumergir al uno en el otro, a desdibujar los trazos que bordean el cabello, las caras, los vestidos, a dejar sólo una sombra ligeramente más oscura en el lugar donde estuvo, hasta entonces, la huella impresa de un cuerpo humano, el vestigio de un cuerpo vivo, desintegrado ya en otra parte, sostenido únicamente, hasta el momento, por la complicidad complaciente de la fotografía.

Pero algo se le está escapando. Algo que la lleva por el camino errado, una desviación que quién sabe si tendrá salida, precisamente lo que no debió permitir, lo que había que detener a tiempo. Conoce tan bien ese arte, la experiencia mágica de transformar su tiempo en otro tiempo, sin dejar que intervenga la angustia sutil que ahora se ha colado clandestina, viciosamente, sin ceder a esa descomposición de la sustancia con que da forma a su fantasía y que parece a punto de corromperse sin saber por qué, ni cómo, ni en qué momento la alegría...

No sabe cuándo cometió el error, ni cuál fue, ni si pudo evitarlo, ni si dependió de ella o no dependió. A su alrededor el cuarto está apaciguado, trasladado a la eternidad, una imitación de su propia imagen, la réplica perfecta de algo que no pudo dejar de haber sido, que siempre estuvo previsto, que había de tomar cuerpo, formas, tamaño, colores, texturas, grosor, densidad, peso, un lugar en el espacio, los límites de unas paredes, dos mamparas, un techo de vigas, la abertura de una ventana, de una puerta. Algo que debió ser precisamente ese cuarto que es su cuarto, donde está sentada en un sillón, sin mirar a través de la reja como si pudiera suceder alguna cosa afuera (porque no va a suceder nada), sin mirar la mampara, ni los muebles, ni el resto del cuarto, sin necesidad de ponerse a mirar a ninguna parte para sentir que todo eso está ahí, que era inevitable, que ella forma parte de esa atmósfera, que también está ahí sin poder estar en otro lado, una figura inmóvil, los brazos apoyados en los brazos del sillón, las piernas muy juntas, los pies un poco colgantes sin llegar a tocar el suelo, la espalda recostada en el respaldo de rejilla, el cuerpo entre tenso y relajado, la respiración ligeramente alterada, consciente de su perturbación, buscando acompasarse a un ritmo marcado por otro ritmo latente en el espacio físico donde está el cuerpo sentado en el sillón, en los muebles, en el aire mismo que debe respirar sin dejar de hacerlo un solo instante, ni una millonésima de segundo, ni menos, aunque ese menos no sea capaz de concebirlo y sólo suponerlo le produzca un insoportable malestar.

Sentada en el sillón de rejilla amarillenta, en la mecedora de balancines largos, de respaldo apenas combado, de color castaño oscuro, dentro de la luz atenuada que entra por la ventana, como si fuera a aclarar el día, sobre los mosaicos de dos colores, tiene la impresión de formar parte de un cuadro *sui generis*, la reproducción trocada de uno de esos interiores holandeses donde la silueta solitaria de una mujer emerge de una penumbra irisada ligeramente por un sol dulce, un poco triste, que deja entrar en el fondo una pequeña ventana abierta.

Está allí, con la sensación de que todo está completo, de haberse equivocado al creer que las cosas tenían vida y proliferaban, de haberse dejado confundir por los agujeros inofensivos de los muebles, por la adivinación de alguna presencia soterrada, al acecho. Ya puede deslizarse blandamente, con tranquilidad. Ocupar su lugar al lado de los demás, de los bisabuelos niños que juegan al lado de los abuelos niños, que juegan al lado de los padres niños, que juegan al lado de ella niña, todos eternamente niños, sin haber envejecido, sin haberse muerto, confundidos en un alegre movimiento envolvente, a la rueda rueda, a la rueda rueda de pan y canela, todos juntos, de la mano, abriendo y cerrando el círculo, sin memoria, sin necesidad de recordar nada, ni de ser recordados, entregados al vaivén incesante de sus cuerpos elásticos, incansables, jóvenes. Puede hacerlo. Le basta un pequeño esfuerzo de concentración con los ojos cerrados o abrirlos y mirar a un punto fijo que puede escoger al azar, entre el espejo y la ventana, para provocar insensiblemente el deslizamiento, el salto, la transición, la condensación de esas imágenes en una sola, intensa felicidad. Es a la vez el tiempo puro, todos los tiempos reunidos, sin ningún pasado, sin ningún futuro, y la inutilidad del tiempo, un tiempo fuera del tiempo, sin necesidad de nombres ni de números, donde no hacen falta las horas, ni los días, ni las semanas, ni los meses, ni los años, ni las hojas de los almanaques que se desprenden para solidificar algo, para materializar esa cosa impalpable, a la vez resbaladiza y encadenada por la repetición invariable de los días, las noches, las estaciones.

Todo eso lo suprime pero, más que nada, el golpe incesante de un martillo sobre un trozo compacto de hierro que intuye allá afuera, donde la vida tiene otro ritmo, sin ningún paréntesis, el ritmo de quienes disponen de horas fijas para hacer todos los días lo mismo, lo que hacen fuera de sus casas, el ritmo de los automóviles que pasan y los transportes llenos de pasajeros a determinadas horas y vacíos a otras, de los que van y vuelven a pie por los mismos lugares sin saber que contribuyen a integrar algo, y menos aún que es algo precario, que puede interrumpirse con una alteración de las luces de tránsito o un pequeño accidente o el estallido de una revolución o la declaración de una guerra.

Todo con un recurso tan al alcance de la mano, tan asequible, tan sencillo, sin necesidad siquiera de preparar el escenario, ni cuidar que cada fotografía y cada jarrón y cada grabado y cada figura de porcelana o de mármol y cada plato de mayólica o de talavera o de porcelana inglesa, y cada cajita vacía de laca o de bronce en relieve, o de madera pulida, y las pequeñas dagas de Eibar, y las muñequitas que todavía hay que acabar de vestir y las esterillas chinas, y las conchas de nácar de todos los tonos, constituyan ese orden impecable del cuarto arreglado con tanto esmero, sin nece-

50

sidad de distribuir las luces, ni sentarse los tres en un orden inventado por ella, para que corra ese fluido, para que todo se ponga a vivir de otra manera, para restablecer esa cosa imprecisa, esa especie de corriente indescifrable, el tiempo sin sorpresas. Está tan confiada, tan segura que podría precipitarse y entrar y comprobarlo. Ver que todo es tal como se lo imagina, que en cualquier momento podría extender una mano y tocarlo. La seguridad que se tiene cuando se deja un bulto en los casilleros de una estación y uno vuelve a recogerlo, con el comprobante, sin la menor duda de hallarlo.

Ha sido cosa de un momento apenas, un instante (ella lo comprende), unos segundos desde que oyó el sonido metálico del cubo de agua sobre los mosaicos y pensó que la mañana podía ser muy larga. Desde que quiso levantarse y no lo hizo. Un instante. La mañana entera duró un instante.

Y de repente ya no está sentada en el sillón. Se ha levantado con una agilidad precisa, imperturbable, sin ninguna indecisión, como si no hubiera transcurrido en realidad sino un lapso tan mínimo que no podría medirse, esa duración que hay, cuando todo funciona bien, entre la orden que da el cerebro y el movimiento de una parte del cuerpo o de todo el cuerpo, como una sola pieza, un músculo adiestrado a obedecer.

Frente a la mampara, apoyada ligeramente, pero sin abrirla, con la mano izquierda cerrada sobre el poliedro de cristal transparente y la mano derecha extendida sobre el cristal liso, esmerilado, palpando la tersura extraña, un poco repelente (con la misma sensación que produce deslizar los dedos por una tela de tafetán sobre todo si, bruscamente, una uña comete la imprudencia de arrancarle un sonido desafinado, capaz de erizar la piel), dibujando con la yema del dedo índice el contorno de las jarras estriadas, siguiendo los movimientos perezosos de flores que quieren desmayarse y hojas dispuestas, como estrellas, a derramarse entre el encadenamiento de grecas rectilíneas que suben y bajan, cubriendo ese cristal más claro, helado del diseño con el vaho del aliento, tocando las protuberancias, el relieve suave del cristal verde, corrugado, que rodea al cristal blanco, también frío, esmerilado, del centro de la mampara. No hay más que esa frialdad y la del aire que se cuela, silbando apenas, entre los dos batientes, contenido, como si alguien respirara dentro de un recipiente cerrado. Y entonces es como si no estuviera allí para abrirla. No, en absoluto. No para hacerla a un lado y atravesarla y pasar al cuarto de al lado, sino para negar su fragilidad, su posible conversión en algo que dejaría de ser una mampara, su traslado a un sitio de cosas inútiles, trastos inservibles, muñecas sin cabeza, mesas quebradas, sillas desfondadas, teléfonos desconectados, espejuelos rotos, bañaderas oxidadas, violines sin cuerdas, columpios arrumbados, bombillas fundidas, máquinas descompuestas. Las palabras afluyen y Laura sonríe, porque en ninguna parte hay un cementerio como ése. Y es igual que imaginar un cementerio de palabras, como si las palabras le tendieran a los pies una pendiente suave hecha expresamente para deslizarse, mientras que las cosas, sin sus nombres, sin las palabras, pierden el equilibrio y se quedan flotando, liberadas de la gravedad, a la deriva, girando sin detenerse en un espacio infinito, sin atmósfera.

HABÍA entonces una sofocación, cierto bochorno, un agobio en el día nublado, una aspereza. La atmósfera se alisaba y aparentaba una compostura falsa para empezar a recargarse de nuevo lentamente. Después parecía ceder. Se relajaba, aunque sin el alivio de la brisa. Se hacía desear la lluvia. Los movimientos de las cosas y la gente se volvían tardados, difíciles, inhábiles y los gestos se perdían en la confusión por adaptarse a un ritmo distinto. Los ruidos pesaban y se amontonaban como si fueran piedras y alguien los tirara al fondo seco de un arroyo. Quienes se cruzaban por la calle se espiaban, esperando una mirada que delatara el malestar, el peso del ambiente. En la calle había una tensión indecisa, reptante que se colaba por las puertas y las ventanas abiertas inútilmente, para ver si llovía. Luego se levantaba el viento. Sacudía las copas de los árboles, se alzaba cargado de papeles sucios, de un polvo visible y repugnante, suspendido en el aire con insolencia, agresivo. Las ventanas, como diques de repente útiles, se cerraban de golpe. Pero era peor, porque la sofocación se hacía más densa y no se podía soportar. Hasta que las gotas empezaban a cubrir los cristales, se volvían pequeñas corrientes, empapaban completamente los vidrios y no dejaban ver hacia afuera.

La humedad volvía a rodear los cuartos, las casas, manzanas enteras, toda la ciudad. Las casas se hacían más íntimas a medida que la lluvia era más espesa. La frialdad producía algo así como una excitación, una complicidad. Pronto estaba tan oscuro que había que encender las luces como si fuera de noche. En octubre, de repente, podía empezar el invierno. Los que vivían cerca del mar, frente al mar o en las calles estrechas o las avenidas anchas y arboladas que empiezan o terminan en el mar *creían propiciar, escondidos detrás de los cristales o las persianas, el momento en que las olas acaba-rían por decidirse a saltar el muro. Los que no podían ver el mar desde sus salas, desde los cuar-tos abiertos sobre balcones precarios, en calles cada vez más alejadas, no lo añoraban mucho. Salvo qui-zás cuando alguna ráfaga cerraba bruscamente un postigo o una ventana y sentían un alivio que no podían explicar, una especie de reconciliación.*

Como obedeciendo a una señal oscura y sin embargo evidente se han puesto a coser. *"Hay que aprovechar la tarde mientras haya luz."* Aunque la luz sea tan precaria, plomiza, vagamente violenta sin llegar a fijarse del todo en ese resplandor irreal, violento, que obliga a pensar, cuando dura mucho rato, que oculta otra cosa, peligrosa e indefinible. A las cinco de la tarde parece acumulada por fin toda la sustancia que empezó a segregarse al mediodía para crear a las cinco algo cristalizado, sólido, que da la sensación de poder durar indefinidamente para convertirse sin transición, de repente, en la anticipación de la noche.

—¿Has visto qué luz tan rara? Y otra vez se está levantando ese aire de agua.

—Sí. Vamos a tener que encender la lámpara.

—Deben ser las cinco. ¿No has visto el reloj?

—Son las cinco. Seguramente. No hace falta ver el reloj.

—Las cinco y ya es de noche. Bueno, casi. Hacía tiempo que no pasaba. No me acuerdo que tan temprano...

—No creo que... A veces las tardes se ponen de este color. Pero no es lo mismo. No se puede decir que anochece temprano. Es otra cosa. Fíjate que es distinto.

—¿Tú crees?

Las dos se repliegan en las costuras, reconociendo la frialdad de la aguja, buscando la continuidad infalible de las puntadas, como para terminar algo que no hubieran empezado.

A Laura le bastó pasar por allí como si nada, como sin intención de mirar, agarrando con descuido uno de los barrotes de la ventana, de arriba abajo, hasta que se le pegaron en la mano las costras blanquecinas, especies de lamas pegajosas, que

55

tuvo que irse desprendiendo una a una. Entonces se le ocurrió recoger las hojas secas y romper de una vez los tallos ya medio muertos de algunas vicarias y las flores casi desgajadas del galán de noche. Habría podido tirarlas a la basura pero se acordó del latón abierto, con el olor familiar a podrido, sobre todo a naranjas pasadas y restos agridulces de comida. Hizo una especie de ramo, una ofrenda burlesca pero más bien triste, y lo colocó con cierto cuidado debajo de una maceta alta, de patas retorcidas. Se paseó dos o tres veces por el pasillo, de la sala al comedor, del comedor a la sala. Se dio cuenta de que hacía falta un jazmín y nunca, a nadie, se le había ocurrido sembrarlo. Había agua en las losas y se entretuvo en empujarla con la punta del zapato, haciéndola caer al patio cada dos o tres mosaicos. Raspó la pintura gastada del barandal. Levantó pequeñas cáscaras en las paredes, en lugares donde se había roto en burbujas llenas de aire y el vacío entre la cal y el muro se había poblado de un polvillo muy frágil que se deshizo en seguida al tocarlo con el dedo. Buscó los sitios donde la pintura, con la humedad y el tiempo, se había teñido de colores indecisos, entre el amarillo, el verde y el violáceo, donde podían verse, si se miraba con atención, varias capas superpuestas de matices distintos, de texturas de una variedad innumerable. Se dijo que las paredes del pasillo estaban enfermas y miró para otra parte. Contó varias veces los mosaicos y primero hubo treinta y luego veintinueve y al fin treinta y dos. Quiso saber cuántos había en las filas horizontales y vio que no podía descubrir dos filas iguales hasta comprender que algunos eran retazos, muestras colocadas con maña y tan bien combinadas que no lo había notado nunca. Hizo un inventario de los cristales triangulares, los redondos, los rombos, los cuadrados y un solo trébol en la vidriera empotrada en el arco sobre la puerta del comedor. También le entró la curiosidad de averiguar cuántos había de cada color y contó los verdes, los rojos, los morados y los blancos. No llovía entonces y la luz era demasiado clara, algo así como un halo suspendido encima del hueco de la azotea, entre el muro blanco y el pasillo, con esa intensidad casi brutal que tiene la tarde cuando se ha interrumpido la lluvia pero no ha salido el sol y va a llover después mucho más fuerte.

Ya no tenía qué hacer en el pasillo pero quería agotar la sensación excitante del aura inmaterial que la envolvía. Estaba dispuesta a recibir algo. Sí, no había duda. A recibir una clave, un mensaje, o palabras secretas, un ábrete sésamo, o algo semejante. Quizás una anunciación, ni más ni menos. Quizás. La verdad es que estaba lista para entregarse a cualquier rito, para creer en la magia, en el más allá de los espiritistas, en un fluido imperceptible pero no por eso menos real entre los seres y las cosas. Dispuesta a creer en cualquier cosa. Y supo que estaría allí para siempre, de pie entre el barandal de hierro retorcido y la reja de barrotes rectos y lisos, carcomidos por el salitre, traspasada por la blancura demasiado afilada de la tarde, como un San Sebastián de cuadro célebre, atravesado por cien flechas, insensible al dolor, con los ojos en otro mundo, indiferente a sus verdugos, recreando el placer íntimo de la decisión al sacrificio.

Las madejas, sobre el bastidor, son también rojas, verdes y moradas y se pueden componer flores y hojas matizadas, con reflejos jugosos y otros apagados, y blancas y amarillas, en las gamas del oro viejo y del canario. Para combinarlas basta tener las manos hábiles, un buen gusto, un instinto que está en los dedos, que no tiene nada que ver con la conciencia, tan implícito como el gesto de la mano acostumbrada al abanico. Van formando un paisaje mullido, igual que esas alfombras donde los tallos y las flores no están sobrepuestos sino que brotan, un poco milagrosamente, del mismo pelo suave y cálido del conjunto. ¿Y si se pusiera a bordar otra cosa, palabras sueltas, al azar, y escribiera asfodelos en amarillo, por ejemplo, o mimosas en índigo o lilas en palo de rosa o espigas en azul celeste? Quizás las palabras se compondrían también solas y podría leer algo, otra cosa distinta que tuviera sentido, que dijera ahora sí lo que habría querido oír cuando abrió sin hacer mucho esfuerzo, porque no tenía pestillo, el postigo de la ventana.

Tanto mejor hubiera sido seguir dando vueltas, o tirar toda el agua al patio, o volver a contar los mosaicos o pensar en otra cosa, en sacarle brillo a las cerraduras de las vitrinas o ver si no hacía falta nada en la cocina.

Quizás era que no había luz adentro y la que había afuera, tan provocativa, se convertía en un reflejo sombrío al meterse por el postigo. O quizás lo más desagradable fue esa cosa espesa y casi pegajosa que recibió al acercarse mucho a los barrotes y mirar para adentro. (Casi se convence de que sí, de que no fue más que eso, y todo lo demás nada, otra fantasía, casi...) Vio lo mismo de siempre. Todo estaba tal como lo había dejado. Como si nadie hubiera tocado nada, ni se hubiera hecho la limpieza por la mañana, ni hubiera intervenido jamás una mano extraña para poner otro orden en las cosas y desordenarlas. Pero todo limpio, impecable, cada cosa en su lugar y el conjunto perfecto, inobjetable. Las flores. Las fotografías. Las lámpa-

58

ras (apagadas) con las pantallas pálidas de seda. La jarra de agua con el vaso al lado, cubierta con la servilleta de hilo, festoneada de encaje. Los cojines bordados. Los tapetes de crochet en los respaldos. Los espejos un poco disimulados entre la serie innumerable de fotografías en las paredes, sobre las mesitas. No faltaba nada. Y a pesar de todo había tenido esa sensación, ese sobrecogimiento. Había visto otra cosa. Que no estaba y si estaba, que veía y no veía, que la miraba y no la miraba, que se dejaba palpar y se escapaba de los dedos, que no era sólido y si lo era, que estaba en los cojines y en cada una de las otras cosas y no precisamente en ninguna de ellas, que surgía de alguna parte del cuarto o a la vez de todo el cuarto, que la atraía violentamente y la rechazaba, que no supo si salía de ella misma o le venía de afuera, si lo inventaba o la inventaba a ella, de tal manera que por un momento pensó que sólo era ella, se llamaba Laura, era capaz de sentir y de sentir precisamente eso porque había allí dentro esa cosa indefinible y que, si no, no estaría de pie en ese lugar, mirando, ni hubiera estado nunca, tampoco, en ninguna otra parte.

Había sido una sorpresa pero, a la vez, una sorpresa para la cual, sin haberlo sabido antes, estaba preparada. Como si debiera repetirse algo que había pensado muchas veces y, al mismo tiempo, igual que si ensayara una escena que no había sucedido ni sucedería nunca y, a pesar de eso, fuera irremediablemente real.

Era eso su pequeño santuario, su oratorio, el sitio fabricado para su culto inocente, para su cándido juego de muñecas. Esa copia al carbón, esa imitación fraudulenta de un original falso, esa mascarada. Había entrado sin poder evitarlo, moviéndose entre esa duplicidad de atracción y repulsión. Encendió todas las lámparas y se hizo la iluminación tenue, calculada, levemente rojiza, que había previsto. Nunca se le había ocurrido, pensó, encender así de día todas las luces, probar el efecto. Y en los teatros eso siempre se prueba, siempre. Pero estaba bien de todos modos. Se sentó en el sofá y esperó un momento. Podía ser que todavía... A lo mejor sería suficiente improvisarse una varita mágica y tocar cada cosa para que vivieran. ¿No eran sus fetiches, sus mínimos ídolos privados? ¿No estaban allí para despertarse cuando ella quisiera, para que les diera eso que había estado incubando, rodeando de calor, alimentando cuidadosamente?

Esperó. Pensó que ya no era cuestión de palabras, que no le servirían para nada sus frases favoritas, sus conjuras tan serviciales, tan útiles otras veces. No. Si todo no estaba perdido, si la defraudación era sólo una falla de ella misma, por haber escogido mal el momento, por haberse dejado impresionar por esa luz verdaderamente insólita, si no era más que una advertencia para que aprendiera a ser más prudente, menos precipitada, más discreta, para que no volviera a intentar tomarlos por sorpresa, ni a exigirles demasiado cuando no estaban dispuestos...

Pero no había ninguna respuesta. Ningún signo, ni la menor vibración (y en esos casos las vibraciones...), ni un solo, ligero, apresurado destello en alguno, siquiera, de sus pequeños objetos seleccionados, amados, protegidos, ni tampoco, lo que resultaba todavía peor, mucho más lastimoso, más difícil de aceptar, tampoco en los que estaban allí, detrás de los cristales, de cuerpo entero, de medio cuerpo, asomando sólo la cabeza en medio de la rígida aureola de los marcos de madera, de metal dorado, de bronce cuajado en la forma de un dragón que echa fuego por la boca o de una serpiente enroscada en el árbol del paraíso. No sólo eran efigies mudas y sordas, sino también ciegas, con la mirada nublada por una película que no cubría únicamente los ojos sino toda la figura, una granulación que empezaba a mostrarse apenas, a brotar de la textura del papel para recuperar los derechos de la materia y negar la impresión intrusa de la imagen ajena, la figura del retratado.

En vano intentó captar algo, abrirse, hacerse receptiva al máximo, disponer todos sus poros a la expectativa de eso que todavía esperaba, a lo que no se resignaba a renunciar (como el condenado a muerte a la esperanza del indulto). Había otra cosa que, lentamente, iba sustituyendo a esa esperanza. Lo mismo que había sentido cuando miró para adentro, unos minutos antes, y le pareció que se rompía algo, dentro de su cuerpo, un filamento, tan mínimo que no figuraría su nombre en un manual de anatomía, pero tan vital de repente, por ese pequeño accidente, que podría escapársele por allí todo el líquido del cuerpo hasta quedarse hueca, completamente vaciada. Entonces quiso mirarse al espejo. Podía escoger. Se colocó, sin haberlo decidido, delante de un ' espejo hexagonal incrustado en una base de junquillos que representaban caracteres chinos. Tuvo que empinarse un poco porque, se dio cuenta entonces, ese y todos los demás espejos, chicos y grandes, estaban situados fuera del alcance de los ojos, un poco más arriba, por descuido (sí, seguramente), o no, como sabiendo que no servirían nunca para mirarse. Así introducían una profundidad artificial entre las fotografías que cubrían casi sin dejar un hueco, como por un elaborado horror al vacío, tres de las cuatro paredes del cuarto (en la otra, donde se abrían la puerta y la ventana, sólo quedaba una breve superficie, cubierta casi toda por una estera larga, colgada como un tapiz, y una pequeña mesita laqueada de negro). Había sido él. Él se había encargado de colgar los espejos y los cuadros más altos.

En la superficie del espejo su imagen temblaba un poco, como si la moviera un oleaje ligero. Había un defecto en el espejo, quizás por haber sido mal azogado o porque la superficie misma no era completamente plana. Miró un ojo derecho, enorme, sobre un pómulo fláccido, hinchado, al lado del ojo izquierdo mucho más pequeño, de la nariz muy afilada, delgadísima, mucho más alto que la boca, reducida a un dibujo puntiagudo, casi acorazonado. Se acercó más, moviéndose hacia la derecha, y el reflejo se alargó ligeramente, mientras a su espalda se deshacían en varios planos las paredes, los cuadros, las repisas, los libreritos, los peinados altísimos de las chinas, las terrazas doradas de los templos, las montañas con la cima cubierta de nieve azulosa, las lunas plateadas de los grabados y la luz rosácea lo envolvía todo en un resplandor irreal.

Sabía que, buscando el ángulo, acabaría por verse bien en el espejo: que los espejos imperfectos como aquél tienen siempre un punto donde dan la imagen perfecta, tal como es el objeto reflejado. Pero verse así era demasiado sugestivo. Balanceaba la cabeza a un lado y otro, se acercaba, se alejaba, y formaba parte de un mundo sin aristas, donde nada era enteramente sólido, sino más bien de una consistencia intermedia, de cera o de parafina, próxima a derretirse pero sin hacerlo todavía. Había algo hipnótico, oscuramente tentador, en su propia imagen deformada, suspendida en un fondo desnivelado, como si el cuarto no fuera un cuarto sino el camarote de un barco viejo, incapaz de mantener el rumbo en una tempestad. En un lugar coincidían tres, cuatro espejos más pequeños, que reflejaban cada uno un fragmento distinto del cuarto, descompuesto a la vez en otros tantos niveles ondulantes, indecisos, licuados. En su espejo (lo fue durante ese largo paréntesis) se sobreponían, cada vez más profundas y lejanas, todas esas versiones progresivamente empequeñecidas, que se contenían unas a otras. Ni por un momento se le ocurrió mirar el cuarto verdadero por encima del hombro. Esa desarticulación tan concertada, tan legítima, fue de repente mucho más coherente, más tranquilizadora.

Así había, además, cierta distancia entre ella y el cuarto. Ese cuarto que veía, multiplicado en tantas imágenes en el espejo que también reflejaba, en un primer plano, la imagen apenas deforme de su cara era y no era el mismo donde estaba de pie, mirándose la cara en un espejo rodeado de caracteres chinos de bambú. Lo que el espejo le devolvía era un cuarto que no estaba vacío, no de la manera como lo había sentido vacío antes de mirarse en el espejo. Era un cuarto del que también ella formaba parte, que la contenía y la envolvía, formando a su alrededor un círculo cálido y completo. Y fue en un instante imprevisto, sin que lo buscara ni se lo propusiera, cuando la cara se compuso de repente y dejó de verse con un ojo más grande y la boca demasiado chica. Había dado, por casualidad, con el único ángulo donde el espejo podía reflejar, sin alterarlo, lo que tuviera delante.

Entonces se miró largamente. La piel muy pálida, sin polvo ni colorete. Las cejas rectas, poco arqueadas, naturalmente prolongadas más allá del extremo exterior de los ojos. La nariz larga. El lunar grueso, al lado izquierdo. El pelo muy negro, estirado hacia atrás, recogido con peinetas sobre la nuca. Las dos líneas ahondadas que le marcaban la sonrisa y que siempre estaban ahí, cuando no se reía, alargándole la cara, estirándole los rasgos, dándole cierta tristeza no excesivamente grave a la expresión. ¿Desde cuándo se miraba al espejo evitando los ojos, sólo por obligación al levantarse, para estirarse-el pelo y ponerse las peinetas? Y ahora, al mirarse directamente, como podría mirarla alguien que estuviera del otro lado del espejo, reproducía una sensación que sólo había tenido dos o tres veces antes, de encerrar algo palpitante, de ser como una especie de reducto protegido por la piel, que separaba eso de todo lo demás, lo diferenciaba, lo convertía en un refugio de la vida. Eso que estaba fijo, reunido en los ojos, sólo una que otra vez, como ahora. ¿Como ahora? Se miraba para no ver nada. Buscaba ese brillo especial que tuvieron por un minuto pero de pronto entendió. No era de ella mísma, sus ojos no habían sido más que un vehículo, los trasmisores de algo ajeno, prestado, que ya no le pertenecía. El brillo se había borrado, la intensidad había desaparecido, no quedaba sino la mirada indecisa, que atravesaba sus propios ojos y se perdía en el vacío.

—Ya casi no tenemos luz. Habrá que encender. ¿No te parece?

Desde su sillón mira a Eloísa. Montada como una pequeña bruja en la aguja pesadísima de un reloj desproporcionado, empujando los años, los meses, los días, la tarde, las horas, los minutos, los segundos, para encontrarse con ella un poco después de las cinco de la tarde de ese día, de ese mes, de ese año, de ese 15 de octubre de mil novecientos cincuenta y nueve.

—¿Me oíste? ¿En qué estabas pensando?

64

—No pensaba. Trataba de combinar los colores. Pero no te oí. ¿Qué me decías?

La mira desde sus treinta, desde sus cincuenta, desde sus veinte años, con indiferencia, con rechazo, con ternura. La ve acercarse, tender un puente, buscar palabras comunes, un terreno a salvo donde pisar. Mientras la ve, le da la mano y trata de apurarla, de hacerla correr con ella a la primera bocacalle para ver cómo viene el Norte y se les llena la cara de gotas frías de agua salada.

—Decía que vamos a acabarnos los ojos. Esta luz ya no sirve para nada. No se puede coser así. Voy a encender. No. Déjalo. Yo voy.

Con las palabras dichas tan bajito, con esa luz que va a encender pretende, Laura se da cuenta, tender un plumón suave sobre la tarde extraña, sobre las dos sentadas en sus sillones cosiendo, sobre lo que debe sentir que ella le oculta, sobre lo que podría dispersarse a los cuatro vientos si no se taparan a un tiempo todos los resquicios de esa caja de Pandora invisible que está allí, entre las dos.

Están en ese espacio de la arena que el mar cubre y vuelve a dejar al descubierto, que no es del todo mar ni del todo tierra, sino una transición, un pedazo ambiguo de playa que nunca deja de ser las dos cosas a la vez. En un sitio así de indefinido están las dos.

—Pensé que hoy querías vestir a las muñecas. Digo, acabar los vestidos. Los que faltaban. Me habías dicho...

—Sí, yo pensaba... Pero después se me ocurrió que... No vale la pena. ¿No crees? Están un poco de sobra. Hace un rato me pareció... Como que no hacen falta. Hasta pensé que fue un error.

Así, casualmente, como si no tuviera mayor importancia. Quizás así conseguirá que no le pre ten, que no se extrañen si deja de interesarse, que no le digan que, después de todo, la idea había sido suya y resulta un poco raro que ahora... No había querido mirarse más en el espejo, seguir viendo esa imagen, su cara, donde ya no podía reconocerse. Le había dado la espalda, bruscamente, a la cara envejecida, adelgazada, a los ojos cansados, a las arrugas debajo de los ojos, a la piel demasiado transparente, casi azulosa. Quiso salir corriendo y que, al cerrar la puerta, desapareciera el cuarto, con todo lo que tenía adentro, igual que en los cuentos de hadas. Tropezó con una mesita baja y estuvo a punto de caerse. Cuando intentaba recuperar el equilibrio, con esa vergüenza íntima de sorprenderse en falta a uno mismo, vio el montón de muñecas desnudas, los cuerpos de tela color carne, los brazos, las piernas, la cara de porcelana blanquísima, lechosa, las cejas pintadas con un solo trazo de negro, las chapas rojas en los cachetes redondos, hinchados como si se estuvieran riendo, los labios escarlata, entreabiertos, los ojos de pasta con las pupilas verdes, desmesurados, con las puntas de las pestañas larguísimas tratando de alcanzar las cejas, diminutas como pequeños cadáveres monstruosos, escandalosamente maquilladas, como criaturas muertas antes de nacer. Las flores de papel, los objetos que llenaban las paredes, las mesas, el suelo eran las ofrendas de un culto funerario olvidado, que rodeara a los muertos de cosas muertas, de cosas sin dueño, para protegerlos de cualquier nostalgia inoportuna de la vida.

Lo había palpado desde el principio, lo había sentido sin poder localizarlo, sin saber si era algo concreto, que surgía de la distribución de las cosas, de las cosas mismas o del encierro del cuarto, de la falta de aire o de la humedad que parecía estar a punto de cubrirlo todo de verdín, esa humedad mucho más fría que en el resto de la casa, como si aquello fuera una vivienda lacustre. Sin saber si era algo de todo eso u otra cosa más indefinida o que sólo hubiera entrado con ella, que ella misma hubiera puesto en el ambiente, que hubiera fabricado y pudiera desaparecer si salía de modo que nadie, si entrara allí después, podría descubrirlo.

Ahora sabía. Sabía que no lo había inventado o, por lo menos, que sólo lo había inventado como el cuarto mismo, que era su obra, y que así, en esa medida, también lo era esa emanación enfermiza, esa morbidez vaga que ya estaba en las fantasías, en las anticipaciones, en las imágenes del proyecto que había cultivado amorosamente como lo haría, en el mayor secreto, el adicto a los delirios propiciados por una hierba prohibida.

—Vamos a dejarlo por ahora. No sé. Quizás dentro de unos días. Después de todo hay cosas más urgentes. Hay tanto que zurcir y la ropa de cama que repasar. Hasta este cojín lo voy a dejar. No vale la pena. Estas cosas ya ahora... ¿A quién se le ocurre?

Mientras borda, estalla en alguna parte una pompa de jabón de muchos colores, a pleno sol, al mediodía. Redonda, perfecta, como el universo diminuto que podría imaginar un niño. Su madre la mira, desde el sillón de enfrente, apoyada en una baranda, con la cara del color de las monedas antiguas, como es el sol que hace por las tardes en los días largos y secos, un sol que siempre se pone de repente, sin transición.

—Como quieras. Yo decía porque... Al fin es lo único que falta y después de trabajar tanto... sabes. Siempre me ha gustado terminar lo qu piezo. Me lo inculcaron. Así somos la gente de antes.

Eloísa esparce moderadamente un orden que está dentro de ella. Las cosas se vuelven compactas y arraigadas. Las paredes de la casa, a su alrededor, eternas. Las preserva de cualquier derrumbe. No hay ningún vestigio de vértigo ni de cristales rotos. Más bien un brillo igual sobre todas las cosas, apaciguadas, invulnerables.

—Se me acaba de ocurrir que también podríamos ¿no te parece? hacer un mantel. Por ahí tengo guardados los transferibles. Un mantel siempre hace falta.

Un mantel de diario, para gastarlo todos los días, para que no se estropeen los otros. Laura le opone su mantel, de tela muy corriente color crudo, en punto de cruz, puesto ya en la mesa muchos días, las flores un poco descoloridas, marcado con pequeñas señales de salsa donde se colocan las fuentes; un mantel para ellos solos mientras los manteles finos se quedan guardados en el aparador, para unos invitados que no vendrán. Han empezado a hablar muy alto, como si hubiera mucha gente y trataran de sostener una conversación imposible de un extremo a otro de la sala, por encima de las demás voces, de otras conversaciones igualmente elevadas, de mucha gente que hablara atropelladamente al mismo tiempo (o como si cada una se empezara a alejar en dirección contraria, sin dejar de hablar, pretendiendo salvar, con la altura del tono, una distancia cada vez mayor). Se miran curiosamente, sorprendidas por oírse hablar tan alto, y las dos se quieren adelantar, tomar la iniciativa, ser la que baje primero la voz, la que restablezca el tono de antes.

—Yo diría...

—No digo que hoy ni mañana. Hay que disponer de mucho tiempo para un mantel. Pero ¿qué me ibas a decir?

—Nada. Nada. Pensé por un momento... Para nosotros solos y habiendo tantos manteles guardados que no se usan nunca, lo mismo que la vajilla, ¿por qué no?, quizá sería mejor usarlos, como si hubiera invitados, como si nosotros mismos...

Las dos acarician la mesa puesta, con los cristales rosas y la vajilla blanca, orlada discretamente por una guirnalda muy suave, casi desvanecida. Pero en sus movimientos anticipados hay algo rígido, un tanto desarticulado, como de viejos maniquíes de madera.

—Poner los manteles, la vajilla... Pero ¿qué diría Andrés? Le parecería una exageración, una locura. Diría que únicamente a nosotros... una cosa semejante...

—No, yo decía, pero si no te parece...

—No es mala idea, no, no es mala idea.

Hasta podrían encender las velas y apagar la luz. No. Sería demasiado. Poner los candelabros, eso sí, pero sin llegar a tanto, sin encender de veras las velas. A los lados del centro de mesa. En la espiral improvisada de un torbellino se esfuman las muñecas desvestidas, seguidas de los espejos, las fotografías, las jarras y jarrones, las figuritas, las cajas, los grabados, las mamparas, los postigos, todos los residuos del cuarto tragados por un embudo infalible. ¿Y si eso sirviera? ¿Si no resultara lo mismo que...? ¿Pero no sería mejor no exponerse, no correr el riesgo? Porque sería peor todavía si no sucediera nada. Si Andrés no se diera por enterado. Sería peor después. Sería...

—Esas cosas, mientras uno puede gozarlas... P

que lo que es llevárselas al otro mundo... Siempre he sido partidaria, ya lo sabes...

—Tienes razón. Tienes razón.

Es una pantomima lenta, sincopada, marcada por el sonido metálico de un clavecín. Como dos muñecas de bisquit, que acabaran de recibir la orden del mago para despertar y empezar el baile, al tocar la medianoche. Las dos se prestan al juego. Tienen las cabezas cubiertas de pelucas blancas. Hacen reverencias complicadas. Se dan la mano y la retiran. Se balancean al ritmo debido, sin cometer ningún error. Y vuelven a meterse en sus cajas, sin protestar por lo pronto que se ha terminado la fiesta. Se acabó el ballet.

—Pero puedes preguntarle, si quieres. Quizá sea mejor. De todos modos sería mejor.

—¿Y si fuera esta noche? Sólo esta noche. ¿Si le diéramos la sorpresa?

Está la noche ahí, infinitamente larga. Una noche donde puede ocurrir que de repente se vaya la luz (se va a cada rato y con eso de la lluvia...) y haya que encender las velas con un motivo y todo salga perfecto, naturalmente perfecto, con un poco de viento afuera y el aguacero. Una noche de frío, de invierno. Una noche que se extiende delante de Laura, tersa y sin ninguna arruga, como un mantel que se guarda con cuidado, enrollado en un tubo para que al desplegarse sobre la mesa esté como acabado de planchar. Así abre la noche, donde caben de pronto un número infinito de horas, la alisa, la despliega y la contempla, la estira a ver cuánto da de sí, igual que una tela acabada de comprar que se pone a remojar, la examina como algo completo, integrado, sin importarle los pequeños detalles, los gestos, los incidentes que pueden amontonarse para hacer ese todo que luego seguirá componiéndose, enriqueciéndose, transformándose, hasta que llegue el momento en que recuerde una escena distinta, superpuesta a la que ocurrió realmente o, más bien, cuando recuerde algo que entonces no estuvo muy claro, que no fue fácil determinar y que acabará por ser, en definitiva, la única versión veraz de lo sucedido.

Se siente el silencio como una vibración sorda, como al acercarse a una caracola donde nos aseguran que se deja oír el mar. En ese silencio de los cuartos apagados, del pasillo oscuro, de la casa de abajo sin gente, del balcón cerrado, parece que el ruido de la lluvia no es tanto eso como el sonido del silencio, de las luces apagadas, de los lugares vacíos. Si apagaran la luz y se quedaran así, nada más oyendo la lluvia, se harían partícipes de la atmósfera ahuecada por el silencio, la oscuridad y la lluvia, como si el mundo se convirtiera en un gran envase cerrado herméticamente al alto vacío, acechado por pájaros incansables, dedicados a picotear las paredes sonoras, pero impenetrables, de cristal.

La luz encendida se ha vuelto más intensa al distinguirse, a medida que ha ido oscureciendo, de la luz de afuera cada vez más opaca hasta que, al hacerse completamente de noche, la luz de la lámpara ha crecido, se ha hecho presente, con la seguridad de cumplir por fin una misión, la de aislar al interior de esa invasión de afuera, trazar una frontera, impedir que se borren las distancias y sea lo mismo estar adentro, al abrigo, que expuestas allá afuera a la tenacidad de la lluvia, capaz de no parar hasta haberlo sumergido todo en un diluvio sin arcas de la alianza ni parejas sobrevivientes de ninguna especie.

Pero si hiciera la prueba... Si apagara la luz

viera un poco cómo llueve porque la luz ciega y apenas se puede adivinar la lluvia. *"¿No te molesta la luz? Ya no vamos a seguir cosiendo..."* Ha ido a apagarla sin esperar que le conteste nada (no está muy segura de haberlo dicho en alta voz), sin darle oportunidad de decir que no, que cómo van a quedarse a oscuras, en una noche como ésa, con el cielo tan cerrado, sin luna y luego la lluvia...

—Hay que encender la escalera. Si no, cuando llegue...

—Sí, hay que encender la escalera. Dentro de un rato. Pero ahora vamos a quedarnos un momento... Además, tendré que ir a la cocina, preparar algo. Dentro de un rato. Dentro de un rato.

Han bajado mucho la voz, como si la oscuridad las obligara a una intimidad forzosa o si cada una viera a la otra como un niño que se ha acostado imprudentemente en una baranda, sobre el vacío, a muchos metros del suelo, y temiera sorprenderlo porque, con el susto, podría caerse sin dar tiempo a nada y sería lo mismo que si lo hubieran empujado. Así se espían en la oscuridad, queriendo adivinarse mutuamente lo que piensan, igual que los pescadores improvisados que se sientan en el muelle por la noche, con la esperanza de que piquen los pececitos que de día se ven nadar muy de prisa cerca de la superficie pero saben eludir con la misma rapidez el anzuelo en el agua, aparentemente más espesa, como se ve de noche. Se presienten, se tantean, tratando de recuperar lo que ahora están seguras de haber desperdiciado, las expresiones de la cara, la manera como se miraban o no se miraban cuando la luz estaba todavía encendida, el modo de sostener la costura y agarrar la aguja, si se mecían o no en los sillones, todo lo que pasaron por alto y que ahora se llena de interés, que quisieran reconstruir para no sentirse tan incómodas. Como si la luz, al revés de lo que pudiera suponerse, las hubiera protegido en vez de dejarlas expuestas como están en ese momento, mucho más vulnerables, al descubierto.

Algo de las dos que mientras se veían permanecía latente, escondido, sale a la superficie y se queda ahí, al alcance, susceptible de ser percibido con otro sentido, no con la vista, y ni siquiera con el oído, con un sentido sin localización precisa, una intuición que no pudiera ejercerse sino en la imposibilidad de ver, algo así como un olfato incorpóreo, más sutil y penetrante.

Llueve muy fuerte, con un ritmo sostenido que marca el tiempo que pasa, el ritmo interior de las cosas que se van consumiendo, aproximándose a la vez a su fin y sus orígenes, perdiendo sin cesar un poco de lo que son y siéndolo a la vez, más inexorablemente, por esa misma pérdida. La lluvia no apresura nada. Es simplemente la expresión más sensible de esa descomposición lenta, la ilustración del invisible proceso universal, una especie de signo, de advertencia. Alrededor de ellas se diluye sin escándalo, sin llamar la atención, todo lo que es sólido, consistente, perdurable y pronto no habrá ningún lugar seco, un lugar donde pueda ponerse una mesa con mantel bordado y una vajilla un poco antigua y unas copas de cristal.

Si no vuelven a encender la luz, si no corren a alumbrar la escalera, si no se van pronto al comedor, a sacar todo lo que hay que sacar, a arreglar las cosas, si no lo hacen en seguida, si no guardan las costuras en la canasta, bien dobladas, con las agujas prendidas para que no se pierdan, si no aprovechan el tiempo, si no...

—Verás como todo sale bien. Verás que sí. Habría que lavarlos un poco. Digo, las copas, los platos. Hasta guardados se empolvan. Va a quedar muy bonito. Va a ser una sorpresa. Ya verás. Ya verás. ¡Qué sorpresa le vamos a dar!

No HABÍA crepúsculo sino una luz brillante, gris, reflejada por las nubes, una gran aureola envolvente, plateada y ambigua. Después entraba la noche. Sin luna ni estrellas, con el cielo cerrado, atravesado muy fugazmente por algunas nubes sombrías que no tardaban en desahogarse, con lentitud y prudencia al principio, como a la expectativa, y luego decididas, con violencia torrencial. La casa se retraía entonces como hacen los caracoles amenazados. El agua la aislaba, la separaba, la convertía en un reducto, en una isla. Las otras casas, los grupos de casas, eran otras islas recluidas, vueltas hacia dentro, dispersas en la ciudad convertida en un gran archipiélago sin luces, porque también las ventanas se habían cerrado, y las habitaciones eran verdaderos claustros en vilo, entre el sueño y la vigilia. El mar recibía la lluvia sin agitarse, inmóvil y la ciudad era, sólo entonces, la prolongación resignada del mar. Dentro de las casas se buscaba la soledad o la compañía, el acogimiento de los cuartos al lado de los patios, de los corredores abiertos donde toda la noche se seguiría escuchando el ruido de la lluvia.

Otra noche de agua. Casi la repetición idéntica, minuciosa, de noches que ya habían sido. La gente, detenida en los portales por el aguacero, miraba la lluvia con la sensación de presenciar la confirmación de algún ordenamiento superior. Las caras, los gestos se animaban, subía el tono de las palabras que se dirigían, unos a otros, los desconocidos. Se miraban con suspicacia, como si el encuentro fortuito y obligado hubiera estado previsto siempre. Como la primera función en público de una representación bien aprendida. El viento lanzaba ráfagas de lluvia hacia el mar y en los ámbitos reducidos que aclaraba la luz de los faroles, el agua se incli-

75

naba, casi horizontal ya, casi paralela al suelo. Las casas orientadas hacia el mar mantenían abiertas las ventanas y el aire penetraba sin ningún obstáculo mientras que las casas orientadas de espaldas al mar no dejaban abiertos siquiera los postigos, eran barreras opuestas, no al mar, sino a la violencia de la lluvia. En un momento de calma, cuando sólo caía una llovizna fría y entrecortada, se dispersaban de prisa los que estaban congregados en los portales. Decían, sin dirigirlas ya a nadie, frases banales, agudas y destempladas. Se olvidaba la solidaridad momentánea. Volvían a estar solos antes de perderse en la oscuridad indiferenciada de escaleras iguales, zaguanes humedecidos, puertas abiertas sólo por un instante, el tiempo necesario para tragarse con avidez a los que volvían después de pasar algunas horas afuera o quizás un día entero de alejamiento y de olvido.

—¿Por qué no jugamos una partida de brisca?
—¿De brisca? No sé si me acordaré. Creo que no. ¡Desde cuándo no hemos vuelto a jugar! Si quieres... Pero tendrás que irme diciendo. Si no, no podría. Estoy segura. ¿Quieres que traiga las cartas? Voy por ellas.
—¿Jugará usted también? ¿Nos acompañará?
—Sí. Jugaré un rato. Me gustaba mucho. En seguida volveré, yo creo. Al primer o segundo juego...
—Si no lloviera tanto podríamos acercarnos al balcón y abrir las ventanas. Si hubiera brisa, si no lloviera. A veces me parece que hasta aquí se siente el olor del mar. No en una noche como ésta, claro está. No, naturalmente.
—Quizás escampe.
—Quizás.
—Cuando ha llovido tanto el aire se enfría por la noche. No es como al mediodía. Si pára de llover al mediodía todo se queda más caldeado, como detenido, y empieza ese bochorno, esa sofocación.
—Sí, tiene usted razón.
—Ahora, en cambio, si escampara haría un aire muy agradable.
—Yo prefiero que llueva. No sé por qué. Me gusta la lluvia.
—Siempre te ha gustado, Laura. A mí también, no creas, a mí también. ¿Traes la mesita? ¿Empezamos?

El balcón donde se mete Andrés está completamente cubierto de cristales. Se siente fría la cara cuando uno la pega al cristal nublado para ver cómo llueve afuera. Laura está en otra parte. Cerca del fuego de una chimenea, dentro de una cabaña, que está dentro de un bosque. Afuera nieva. Ella, la cabaña, el bosque, la nieve están metidos en una de esas bolas de cristal que pueden servir de pisa-

77

papeles, donde empieza a nevar cuando uno las agita un poco. Eloísa corre al lado de alguien, que puede ser su madre joven, por un campo de espigas que se va ondulando con el aire. Piensa en un mar de espigas, o de hierba. Un mar muy pacífico.

Él baraja las cartas, saca el triunfo, lo pone a la vista. Una, dos, tres. Una, dos, tres. Tres para él también. Oros. Ése es el triunfo. Descartan. Roban. Bastos, copas. Sota. Caballo. As. Brisca. Él gana. Vuelve a repartir y cada carta es parte de un pequeño bastión que se va levantado vertiginosamente, algo que les da la sensación de poder bajar la guardia, de formar un núcleo compacto, de una sola pieza, que señala en todas direcciones como las rosas de los vientos o que podría crecer y a la vez echar raíces profundas como un árbol.

Juegan calculando afanosamente todas las posibilidades, decidiendo en cada jugada si es mejor quedarse con un rey o buscar el tres o el as, si van a desprenderse de una sota de bastos o de una de espadas, esperando que les toquen triunfos, buscando la brisca. Se van pasando uno a otro, con las cartas, una cosa endurecida, cristalizada, un trocito transparente de hielo que podría derretirse en la mano si alguien pretendiera conservarlo demasiado tiempo. Como si todo dependiera de una sincronización perfecta, para derrotar al azar con el azar. Como si fuera indispensable mantenerse con la atención fija en cada carta, en la oportunidad de arriesgar un triunfo o no arriesgarlo, de preferir una carta a otra, de robar o no robar. Lo mejor sería que fueran ganando o perdiendo sucesivamente, por turno riguroso, que a cada uno le tocara, al final de cada mano, poder contar muchos onces o ninguno, y que la suerte se distribuyera así, como por obra de una justicia ciega, con la balanza en la mano.

—A veces dan ganas de probar la suerte. Hay días, y eso que siempre me ha parecido inútil, que me dan ganas de jugar a la lotería.

—¿La lotería? No. ¿Para qué? Es otra suerte. Otra cosa. Como quererlo todo y no arriesgar nada. O muy poco. Dinero, de todos modos. En cambio esto... Y jugando así, sin apostar. Sin que haya siquiera ese interés. Arriesga uno mucho más, no sé por qué. ¿No te parece?

—Nunca me he puesto a pensar. Quizás.

—¡Dan tantas ganas de ganar! En cada juego. En cada mano. Y hasta el final no se abandona eso: una pequeña esperanza.

—No sé. Yo diría que simplemente se divierte uno un poco. Se descansa. Después de un día como hoy, con tanto trabajo. Y es que uno quisiera que las cosas marcharan sobre ruedas. Que no hubiera complicaciones. Que no fuera tan difícil vivir. Ya sé que es un lugar común. Lo que pasa es que siempre se quiere, como si dijéramos, tapar el sol con un dedo. Te toca a ti. Yo corto.

Hay una dosis chiquita de salvación en cada carta. Un fragmento mínimo que empieza a funcionar cuando se juntan los triunfos o las briscas. Las cartas premiadas habría que conservarlas como prueba de elección, como resguardo, como se cuelgan los detentes o los escapularios, pero sólo valen porque se muestran, se entregan después de cada juego, se pierden para volver a empezar otra vez. Se va sedimentando la seguridad, se quiere atrapar a la suerte como si preservara frente a todo, para siempre.

Laura recoge el botín reluciente de su mesa, de su fiesta. No pasará la noche sola, haciendo como si leyera, mientras él se refugia debajo de la lámpara para volver a empezar un libro por la misma página porque ya se le olvidó, con tantas cosas en la cabeza. No le preguntó si era el santo de alguien o si por casualidad se le había olvidado algún aniversario. Hizo como si fuera natural, como si todos los días sacaran las copas y los cubiertos y los platos y el mantel, como si hubiera esperado ese postre que le hizo. Tampoco le preguntó qué había hecho en todo el día ni tampoco si ya había acabado todo lo que tenía pendiente. Se levantó de la mesa y le dijo si no quería jugar un rato a la brisca. Eran los detalles que la conmovían. Cómo podía, algunas veces, dar precisamente con lo que hacía falta. Ahora las cartas, la intimidad de los dos, de los tres, pero con ese pretexto, con esa justificación, con una razón tan trivial, tan inofensiva. Aunque en el fondo, allá abajo, recubierto por esa necesidad de llenar el tiempo para no irse a acostar ya, tan temprano, de distraerse un poco, de no ponerse a hablar, así sin más, porque luego resulta que empieza uno a acordarse de cosas tristes, debajo de todo eso como otros tantos niveles engañosos, como los que despistan a los arqueólogos en las exploraciones de palacios enterrados, estaba el motivo auténtico, lo que se buscaba, el tesoro intacto, protegido por todas esas capas superiores, en espera de ser descubierto sólo por las manos aptas, por la insistencia prudente de los conocedores. Laura cree estar allí, en ese nivel profundo y resguardado, limpiando todos los restos de yeso y de polvo, para contemplar por fin la superficie pulida, depositaria de siglos o de milenios, su hallazgo. Se quita de encima todo el día, igual que un vestido que se ha arrugado mucho, ajado además por tantas puestas, y se lo extiende a Andrés por encima de la mesa, con tres cartas que vienen a ser como las llaves del paraíso. Ni más ni menos. Ya no hay querubines, ni espadas de fuego,

80

ni espinos, ni abrojos, ni túnicas de piel, ni desnudeces que cubrir, ni vergüenza, ni caída, ni pecado original. Lo único que queda es la inocencia, la delicia del jardín del Edén antes del tiempo, antes de saber que habría que volver a la tierra de donde, sin saberlo, se había salido. Andrés se deja hacer, se deja rescatar, se deja cubrir literalmente por esa avalancha de amor.

Con un sonido lento y prolongado, un barco pide su entrada a la bahía. Primero son tres silbidos bruscos, rápidos, como sale el fuego de la chimenea, cuando la fábrica empieza a trabajar. Luego el sonido agudo, tenso, abriéndose paso entre la oscuridad y la lluvia para colarse por anticipado en la ciudad. Allí entre los tres, se instala la ansiedad de unos desconocidos por desembarcar, por llegar a puerto, como la del niño que imagina el regalo encerrado en un paquete que todavía no le dejan abrir.

En ese sonido implacable, sordo y cortante, hay a la vez distancia y cercanía. Una cercanía tal que tiene que ser rechazada, que hay que negarla para defenderse de su amenaza, de su intrusión insostenible. El silbido de la sirena se va cargando de presentimientos, de sospechas, de temores, angustias, duelos, curiosidades y también un poco de esperanza. Los ensarta, se va convirtiendo en cada uno de esos sentimientos, siendo primero uno y después otro y luego otro sin dejar de ser todos los demás, se cuaja, va trasmitiendo su mensaje inquietante por las calles y las casas y recibiendo nuevos elementos, matices que lo enriquecen y le dan un peso que la gente percibe confusamente antes de añadirle, cada uno, su propia partícula de desasosiego. De esa manera se cristaliza el tiempo, abierto y difuso hasta entonces en la noche silenciosa, y se concentra en la punta de ese sonido lanzado con una precisión brutal a un blanco que está en todas partes a la vez. Laura coloca cuidadosamente las cartas encima de la mesa, después de repartir las indicadas. Empareja los bordes hasta hacer un bloque perfecto, sin que se salga por ningún lado un filo ni una esquina. Por debajo asoma el triunfo, un tres de bastos. Los tres miran su juego, sin hacer ningún ademán. Sobre la mesa, entre las cartas, están esas luces nubladas, fantasmales del barco extranjero, del barco que ha venido con seguridad de un puerto helado, de una ciudad muy diáfana y nórdica. Se mueven locamente sobre las olas alborotadas por la lluvia. Hay tanto viento que ya no es un aguacero sino una tormenta y ahora la sirena de auxilio llama a la lancha del práctico que trata de aproximarse al barco, para guiarlo a la seguridad, antes de que haya más riesgos, por la entrada angosta del puerto.

—Hay que robar ¿no? Hay que seguir jugando.

Laura lo sabía. Si hablaba se rompería la continuidad tan desconcertante de la sirena. Impediría (sin saber por qué) que volviera a sonar. Todavía podía (si lo hacía en seguida, en ese momento) volver a unos segundos antes, cuando se desprendió del día que le pesaba y le ofreció a Andrés esa confianza, esa manera de ser como nunca su mujer. Ya no hay barco borroso, ni noche sombría, sino la cubierta de un barco blanco que recorre la brisa, la reverberación de un cielo azul añil, los muchachos de blanco y las muchachas de muselinas claras, con sombrillas de seda lila, de pie, sentados, en la cubierta, en la arena, en la playa. Sólo está la alegría, la felicidad, las ganas de vivir. Laura se deja mecer ligeramente. Ella es el barco, el color añil, la reverberación, los trajes blancos, el movi-

miento de las sombrillas, la playa extensa, interminable, entre el mar y dos hileras constantes de
pinos.

—Tengo un siete. No recuerdo... Creo que puedo
cambiarlo por el tres. ¿Verdad?

—Sí, está permitido. Tiene usted derecho. Es la
regla del juego.

—Ya ve, ya ve. Y eso que hacía tanto tiempo. Pero
sabía que era cuestión de volver a... Se le duerme
a uno la memoria pero también se despierta sola,
cuando hace falta.

—A lo mejor ésta la gana usted. Me da la corazonada. Y tú Laura ¿no te descartas? ¿No robas?

—Ya robé. No te diste cuenta.

La sota vale dos, el caballo vale tres, el rey vale
cuatro. El tres de cualquier palo vale diez. El as
de cualquier palo vale once. Treinta y seis. Cincuenta. Sesenta y cinco. Ganó Eloísa. No falló la
corazonada. Son tan cortos los juegos... ¿Cuántos
se pueden jugar en una noche?

Acercan más las sillas a la mesa. Cierran el
círculo. Se dan calor y se protegen. ¿Por qué no
hace un poco de chocolate? ¿Por qué no trae unos
bizcochos? Les sentaría tan bien. La noche está
como para eso. Un buen chocolate caliente. Andrés
ha tenido una magnífica idea. Una taza de chocolate. Para confirmar el calor, la seguridad, la redon-
dez de la escena. Porque es como una escena y la
están representando. A él siempre le han dado ganas de tomar chocolate cuando se siente bien, cuando algo se expande y se consolida y es él quien
ocupa el centro de esa cosa integrada y completa. No
sabe qué es lo que crepita pero casi huele ese olor
penetrante de especias dulces y de flores. Le ponen
delante el tazón colmado. El chocolate está humean-
te y espeso.

—¿No le gustaría, señora? ¿Verdad que con este tiempo...?

—Sí, cómo no. ¿Término medio? ¿No demasiado espeso?

—A mí me gusta espeso. Era la costumbre. Pero, para que sea al gusto de todos, término medio, ni muy claro ni muy espeso. ¿No estás de acuerdo, Laura?

—Yo... Pero si ustedes tienen ganas... En un segundo lo preparo. Mientras, juega tú por mí. A lo mejor así gano. Toma mis cartas.

Ya quisiera estar de vuelta, dentro de la frontera que se cierra alrededor de la mesa, apenas un poco detrás de las sillas, de los tres. Una línea divisoria que está allí sin ninguna duda, que hace las veces de dique, o de foso lleno de agua, como si todo estuviera construido a la manera de esas muñecas rusas que guardan dentro otras progresivamente más pequeñas y la más chica de todas fuera la mesa con las cartas y ellos alrededor, y después las paredes de la sala, y luego la lluvia, y la calle, y la ciudad y el mar y el mundo, todo el resto del mundo, detrás de la línea del horizonte. Se aleja, pero procura que no suenen demasiado las pisadas. Tiene que pasar inadvertida, como si alguien, de verdad, la vigilara y fuera a romperse el círculo sólo por atreverse a cruzarlo.

Eloísa mira a su alrededor con la precipitación automática de un acto reflejo. Quiere cerciorarse de que su casa es inconmovible. De una ojeada recorre el techo y las paredes, el suelo. En una esquina descubre, justamente en el rincón de la derecha, al lado de la consola, un charco que no se ha agrandado demasiado todavía pero que no deja de crecer porque las gotas siguen cayendo, con cierta rapidez, por el techo. Una gotera en medio de la sala.

Un poco más y caería en la consola o hasta dentro del jarrón. (¡Qué ocurrencia. Entonces nadie se habría dado cuenta. La gota cae al mismo ritmo, casi parece que es siempre la misma. La sigue del techo al piso, fascinada.

—¿Qué le pasa, señora? A usted le toca.

—¿A mí? No, es que... Mire cómo cae la gotera, ahí en medio. Seguramente acaba de abrirse. No me había dado cuenta. Y ahora no se puede arreglar. Ni hacer nada, más que poner una cazuela o un cubo. Creo que es mejor un cubo.

Al principio suena la gota, sin ninguna discreción sobre la lata. En seguida, al empezar a llenarse el recipiente, el ruido se modifica al contacto con el agua y se vuelve un ruido sordo, hasta que desaparece o, muy apagado ya, deja de oírse. Laura da un rodeo para poner la bandeja sobre la consola, después de colocar las tazas delante de ellos dos y en su puesto vacío, que la espera. Una gotera. Otra vez. Y nada menos que allí mismo, a media sala. Sobre todo ese cubo... Sería preferible dejar correr el agua. Más bonito por lo menos. Pero sería otra de esas ideas descabelladas. Mejor se olvida y se sienta a tomar el chocolate. Ahora tendrán que hacer como si no estuviera la gotera, como si una gotera en el techo de la sala fuera tan corriente, tan normal. Ella, por lo menos, está de espalda. Una verdadera suerte. Igual que uno puede suprimir, en un restaurante, a alguien que le ha caído mal al entrar, sólo con escoger, con la mayor naturalidad, el sitio donde podrá ignorarlo más cómodamente, darle la espalda para toda la vida.

—Está muy bueno. A punto. Como a mí me gusta. Y bien caliente. No sabes cuánto gozo una buena taza de chocolate.

Aunque él está de frente hace también como si

no la viera. Se queda mirando, distraído, para el otro lado, por encima del hombro izquierdo de Laura. Deseando, piensa ella, que a los tres se les olvide para no estropear el juego. Le toca a ella. ¿Para qué? Si prefiere que Andrés o su madre den las cartas. Quedarse al borde del juego, sin dejar de participar, pero conservándose un pequeño margen, lo suficiente para poder ir y venir, acortando y estirando el hilo sin llegar a soltarlo.

—Da tú, mamá. A mí no me gusta. Yo prefiero...

Ver cómo se rehace lentamente el círculo que estuvo en un tris de romperse. Eso. Sonreírles, decir alguna cosa, mirarles a los ojos de cuando en cuando, celebrar que sean ellos los que vayan ganando, perder no con intención pero sí por un descuido voluntario, por fijarse demasiado y entregarse así, con cierto gusto voluptuoso, a la casualidad absoluta. Dejar que se rían porque se deshace de un triunfo y roba otra carta que no sirve para nada, equivocarse al hacer la cuenta, sumar de menos. Pero todo como parte, sin que sea una infidelidad, ni un desliz, sino precisamente lo que tiene que ser, para de esa manera, quedándose un poco más afuera que ellos, ser a la vez parte y espectador. Y gozar del juego y de ver el juego, de verse a ella misma y a Andrés y a Eloísa (decirle así a su madre, por su nombre, y no mamá, ni ella, ni mi madre, es dejarla ser, no quitarle nada de ella misma, devolverle su identidad después de tantos años de no ser sino la madre de sus hermanos y de ella), como si estar jugando a la brisca los tres, Andrés, un hombre no muy joven, no muy viejo, una mujer (Laura, ella, yo), indefinidamente joven, o más bien madura, o quizás de mediana edad, pero sin llegar a ser vieja y otra mujer llamada Eloísa,

86

de la que sólo podría decirse que es una anciana, o una mujer vieja, o una viuda que lo es desde hace muchos años, que ha sobrevivido a su marido y a sus hijos (menos a Laura, menos a ella), ellos tres, en esa sala, en esa casa, en esa ciudad, a esa hora, mientras sigue lloviendo, fuera un dato con alguna significación, que pudiera añadirse a otros datos de una significación semejante, del mismo nivel, y formar una cadena, o una serie, una continuidad que en algún momento, en alguna parte, en vez de interrumpirse, se cerrara tersamente sobre sí misma.

—Si te aburre podríamos jugar a otra cosa, o dejarlo. Podríamos dejarlo. Voy a abrir un poco a ver si... Me parece que ya llueve menos, como si fuera a escampar.

—Sí, abre. Pero vamos a seguir jugando. No me aburre. Al contrario. ¿Por qué pensaste?

Andrés podría mirarla de otra manera. Pero nunca la han mirado de otra manera. Con menos prisa. Sin dar por supuesto que es tan frágil. Que hay que protegerla. Que cualquier cosa la podría quebrar. Entonces ya no cuidaría ese pudor y les mostraría eso duro, inquebrantable, se exhibiría y los dejaría sorprenderse, preguntarse cómo se habían dejado engañar, cómo hasta ese momento siempre se habían sentido obligados a tratarla como si fuera a romperse. Pero no ahora. Al contrario. Hasta prefiere dejarse manejar así, no hacer resistencia. Entregarse. Ponerse al alcance de la necesidad que tiene Andrés de quebrar lanzas, o algo así, todo el tiempo a su alrededor, de derrota molinos de viento que no se acaban nunca. Sentir eso es como ponerse a caminar debajo de un aguacero. Como cumplir dieciocho años y que haga un día brillante y azul. Como decir exhuberante. Laura se aleja dando grandes pasos, con zapatos que son botas de las siete leguas, encima de azoteas, tejados y mares llenos de islitas que se ven desde arriba como un mapa en relieve. Le gusta ese vértigo. En alguna parte, allá abajo, su casa se dobla en muchos planos como un acordeón de papel.

—¡Qué pronto se enfría el chocolate! Ya esto que queda no me lo puedo tomar. Y luego se pega todo a la taza. Siempre se me olvida.

Cuando le dan ganas nunca se acuerda de esta parte, del chocolate enfriado y la taza manchada y una película encima que parece una membrana. Andrés acaricia, intentando disimularlo, la suavidad resbalosa de las barajas y trata de que no se le escape el sabor dulzón del chocolate, cuando estaba muy caliente. Cloc. Cloc. Tlac. Cloc. Cloc. Tlac. Las ruedas de un carruaje, los cascos de varios caballos suenan y se amortiguan porque los adoquines están mojados. Necesita oirlos más fuerte. Está eso y la luz difusa de un farol de petróleo sobre una fachada gris. ¿Y si nunca se hubiera repetido? ¡Es tan inesperado! Siempre sucede así de pronto, como ahora. Está atento, con los cinco sentidos en algo, en jugar a la baraja o ponerse la camisa, y primero siente un bienestar que lo va llenando, como una paz, o un entusiasmo, la sensación de esperar la felicidad y entonces detiene lo que está haciendo para estar en tensión, preparado, y después no pasa nada. Pero ahora ahí está la imagen. La puede tener allí, esperando un momento, dándose tiempo, dejándola crecer, condensarse. En un momento más podrá quedarse viéndola todo el tiempo que quiera, mientras lo necesite, hasta llenarse y quedarse satisfecho. La luz difusa, derretida entre los copos de nieve, y la fachada con bordes borrosos; la calle larga, lisa, como dibujada entre las siluetas negras de castaños deshojados. A la altura de los reverbe-

88

ros flota algo como un vaho helado o una neblina. Es como la primera vez. Lo bajan del coche medio dormido y lo hacen caminar hasta la puerta. La casa se derrite como la luz entre la nieve. La emoción es casi hiriente. Así es de intensa, así siente la alegría. Es París y él tiene siete años.

—Me acordé ahora, no te puedes imaginar, me acordé de algo... ¿Te acuerdas cuando fuimos a París, cuando yo era muy niño?

Laura lo mira sin sorprenderse, como si eso que le acaba de decir fuera muy natural y muy lógico. Se deja llenar por ese *fuimos*, por ese *¿te acuerdas?* y descansa suavemente en las palabras, en la necesidad de Andrés de compartir con ella una parte de su vida que sólo conoce por referencias, por las pocas veces que él, al principio, le contaba cómo había sido antes de conocerla.

—Sí, me acuerdo. Ya me lo habías dicho. Tenías ocho o nueve años ¿verdad?

—Siete, me parece que tenía siete. Fue como si llegáramos. Lo vi tan claro. No puedes imaginarte. Quizás porque hacía tanto que no me pasaba, quiero decir, que no me acordaba de eso. Quizás hacía años, seguramente muchos años. Hasta tuve la misma sensación...

Están los dos solos, sin pensar que también está Eloísa, mirándolos como si participara, como si fuera un poco de los dos al mismo tiempo, a pesar de ellos, o sin necesidad de que se enteren, sólo porque despiden algo en ese momento, una alegría colmada, que puede negar hasta la simple e inevitable separación de los cuerpos. Se hace tan evidente de pronto que los tres se ríen muy fuerte, dejan las cartas en la mesa y se levantan a la vez, sin saber muy bien para qué, en el fondo sólo para descargar un poco de alegría, para aligerar la impresión de no ser del todo distintos, recuperar el equilibrio y volver a ser tres personas y no esa extraña unidad simbiótica que se crea alrededor de la alegría.

Andrés recoge las tazas sin preguntar si han terminado y las pone en la bandeja, sobre la consola. Mira atentamente el cubo. El agua no llega todavía a la mitad. Eloísa se vuelve a sentar sin haber ido a ninguna parte y los mira para darles a entender que la perdonen porque, después de todo, ya a sus años no tiene que disimular nada. Laura se asoma un poco al balcón y saca la mano para ver si llueve. Tal parece que ya escampó. Pero siente las gotas frías, pocas y discontinuas, y el aire muy fresco le da en la cara. La noche sigue cerrada, el cielo rojizo y nublado y ninguna estrella. Laura va sacando el brazo, poco a poco, hasta que la lluvia arrecia y la frialdad del brazo mojado se extiende por el cuerpo en un escalofrío. Sin embargo le gusta. Se acerca el brazo a los labios y sopla para secarse, como hacen los niños cuando les ponen un líquido que arde en una herida fresca, todavía abierta. Andrés la descubre y se acerca sin hacer ruido, hasta colocarse detrás de ella. Le sopla ligeramente el cuello, y la abraza riéndose, obligándola con una presión firme a acompañarlo a la mesa.

—Vamos a jugar la última mano, ven. A mí empieza a entrarme sueño. ¿Y a ustedes? Ya va siendo hora de dormir ¿no? Mañana hay que levantarse temprano.

Ahora sí se sorprende Laura. ¿Sueño? Ella no tiene sueño. Siempre que se trata de dormir le parece que todavía no es hora, que es una lástima irse a dormir cuando se puede estar despierto un rato más. Siente que hay algo pendiente, que puede ocurrir todavía, como si al decir alguien que ya es hora de acostarse se juntara de súbito todo lo que no pasó pero pudo pasar en el día y se volviera no sólo posible sino inminente. Acostarse antes es desperdiciar ese día posible para quedarse sólo con el día real, que ya fue y no ofrece ninguna sorpresa. Y ahora está contenta, satisfecha. Quiere disfrutar una cercanía tan difícil, que se da tan pocas veces, sobre todo porque él está cansado o tiene ganas de leer o de acostarse temprano, o le dice que si supiera lo que es luchar todo el día, estar en la calle y tener que pasar por tantas cosas y es verdad que ella no sabe. Pero ¿qué importa todo eso ahora?

Laura toma las cartas, las baraja, le pasa a Andrés, que está a su izquierda, el montón de cartas para que las corte, empieza a repartirlas. Ella se encargará de volver a interesarlo, de animar el juego para prolongar un poco más la noche, para no tener que irse al cuarto en seguida porque él se duerme sin ningún esfuerzo, le basta poner la cabeza en la almohada, y ella tarda y empieza a oírlo roncar y a saber que no va a dormirse nunca y a tratar de tener conciencia del momento en que va a quedarse dormida como si de eso dependiera, de alguna manera, la seguridad de despertarse al día siguiente.

—Hay que aprovechar que hoy se nos ocurrió. Después de todo no es todos los días. ¡Es tan agradable estar aquí! La noche se presta además. Hasta hace un poco de frío ¿verdad?

Como si necesitara comprobarlo, oírles decir lo mismo para saber a ciencia cierta que hace frío, que el frío está ahí, fuera de ella, para que todos lo sientan. Hasta eso quiere estar segura de compartirlo, hasta eso forma parte de una experiencia que se desvanecería si no fuera de todos. Si no la aceptaran los tres, reconociendo cada uno la necesidad de sostenerla hasta el último momento porque se trata de algo muy indeciso, muy flotante, que exige estar alerta, que se crea precisamente porque hay una voluntad, un deseo, y se volatilizaría si cualquiera de ellos perdiera el interés, aflojara la tensión dirigida hacia un centro que no es tanto el juego, ni la calidad de la noche, ni el frío que está haciendo ni la lluvia, sino otra cosa que se fabrica con todo eso, pero sólo porque hay una disposición de los tres a percibirlo, a integrarlo y a gozarlo.

—Si quieres podemos jugar con más frecuencia. Yo me acuerdo del conquián y del tresillo. Sería entretenido, como si los inventáramos un poco, porque se me deben haber olvidado muchos detalles. Si es verdad que los juegos tienen alguna lógica, con lo que yo recuerdo podremos reconstruirlos. ¿Qué te parece?

—Sí, cómo no. Podemos jugar otros días. Podemos intentarlo. Sería entretenido.

Pero Laura sabe que no, que si se volviera hábito perdería el encanto, ese gusto que tiene ahora porque no lo han hecho en mucho tiempo y es como encontrar un objeto muy querido que se daba por perdido y un día aparece sin haberlo buscado.

—Son bonitas las figuras. Tienen algo rígido y a la vez familiar, como de juguete viejo o más bien antiguo, de juguete de madera muy bien pintada a mano.

—Sí, algo así, eso es. Son bonitas las figuras. Tienes razón.

¿Cómo devolver las cosas al gesto de Andrés al acercarse, cuando le respiró despacio en el cuello, antes de decir que debían irse a la cama? En el instante que duró el gesto sintió que quería trasmitirle algo así como: *"Entiendo, no te preocupes, aquí estaremos mientras tú quieras."* Pero luego, de repente, dijo lo contrario y dejó todo temblando, su cena especial, la idea de sentarse a jugar a la brisca, el grupo que formaban los tres en la mesa, la noche que casi casi empezaba a cuajar en una cosa firme, dura, como son las cosas que después se pueden recordar. Ahora todo vuelve a ser improbable, inseguro, insuficiente, pero queda un margen, una posibilidad que no se ha agotado por completo. ¿Cómo no se da cuenta Andrés? ¿Cómo no comprende Eloísa que todavía se puede armar el recuerdo con un poco de cuidado? Laura quiere dejar bien preparado ese recuerdo, poner la impresión que tiene cada uno de la noche, de la intimidad que les pertenece, en un solo punto, igual para los tres. Como si fueran a cumplir una misión triple, en distintos lugares, para reunirse de nuevo más tarde, una vez cumplida, a una hora precisa en el lugar convenido. Para eso hay que sincronizar los relojes antes de separarse. Laura sonríe y deja de mirar sus cartas para ver si se han dado cuenta. Cualquiera diría que vuelven a estar muy interesados en el juego. Quizás podría buscar ese punto, esa coincidencia tan escurridiza, en algo muy simple, que no recree la alegría, ni el entusiasmo pero sirva para no dejar la escena abierta, con el riesgo de convertirse en otra cosa imprevista cuando ya estén acostados y no puedan decirse nada. Algo intercambiable, para pasarse entre los tres en la oscuridad, como ahora se pasan las cartas. Algo que sea un apoyo, un resorte fácil de tocar, una clave para comunicarse en silencio como dicen que tienen los presos para trasmitirse mensajes a través de los muros.

—Después de todo, también hoy nos dormiremos oyendo la llovizna. Así se siente uno mejor, como más recogido. ¿No?

En realidad es como deslizarles en la mano, a los dos, un triunfo regalado, que no se han merecido, como ponerse ella en el lugar de la suerte y hacer trampa.

Después se queda callada. No va a decirles que es bueno poder irse a dormir con eso en común, sabiendo que la lluvia es lo mejor para interiorizar una solidaridad o algo semejante. ¡Pero es tan evidente! Y tampoco hay que exagerar. No hay que tomarse más tiempo del necesario. Ni dejar que las situaciones se deterioren y se deshagan en las manos. No hay que esperar a ver cómo se mueren para ponerse luego a contemplar los restos congelados de algo que todavía apenas un minuto antes era cálido y viviente. Hay que saber cuándo interrumpir (una fiesta, una conversación o un juego de cartas). No porque sí, como estuvo a punto de hacerlo Andrés, con esa inocencia extraña que tienen los hombres para esas cosas. No, sino calculadamente ni un segundo antes ni un segundo después. De tal manera que no se disperse nada, que se junten todos los fragmentos y surja lo definitivo, lo que deberá quedar. Siempre hay alguien que debe hacerlo. Ahora es ella.

Andrés gana y eso lo pone muy contento. Después de todo valió la pena hacerle caso a Laura. Cuando él habló de acostarse estaba perdiendo y ahora sus cartas suman el doble que las cartas de ellas. Definitivamente habrá que jugar con frecuencia, como les había dicho. Es muy entretenido. Muy entretenido. ¿Verdad Laura? Andrés quiere dejarle una buena impresión, demostrarle que no se le olvida lo que a ella tanto le interesa.

—¿Y qué has hecho hoy? No me has dicho. No me has enseñado nada. ¿Terminaste lo que querías? ¿Acabaste ya todo?

Laura se le queda mirando desde el espejo oscilante, desde la tarde que estaba tan lejos y que él, sin saber lo que hace, le devuelve de golpe como una bofetada.

—Andrés.

—¿Qué?

—Nada.

Laura se levanta y lo siente claramente. La noche, o una reserva de luz que hubiera en alguna parte se apagan, se quedan de pronto completamente consumidas.

UNA PAUSA, *una duración detenida se difundía por la ciudad. La lluvia caía siempre con la misma constancia. Las olas golpeaban contra las formaciones de rocas en la orilla del malecón, sin llegar a saltar el muro. La ciudad era un gran molusco corrugado, sin acabar del todo de salir del mar. El ruido de la lluvia la enmudecía, creaba una sordina hueca en torno al rumor ronco que salía de las casas, las bocacalles, los zaguanes, los patios. De los faroles barrocos, retorcidos, colgaban los marcos de anuncios viejos, hechos girones, que nadie había retirado nunca. A intervalos salían, de los cafés abiertos y alumbrados, hombres solos o parejas que se separaban para caminar pegados a las paredes y protegerse un poco del agua, debajo de los techos muy breves que formaban los balcones. También a intervalos, el reflector del faro se desplegaba lentamente para iluminar parte de la ciudad antigua, la más resguardada, en el interior de la bahía. Los adoquines de algunas calles viejas y el asfalto, ennegrecidos y pulidos por la lluvia, despedían una fosforescencia indecisa. Casi toda la madrugada llovía y las calles amanecían todavía empapadas y lustrosas.*

El cielo se ponía, antes de hacerse de día, de un azul compacto y denso, un color tan fijo como si no necesitara modificarse. La atmósfera era a la vez húmeda y transparente. En todas partes quedaba la huella de la lluvia. Los árboles se veían más verdes y las gotas rezagadas caían todavía de los aleros, las cornisas, las esquinas de los balcones. Se volvía mucho más pastosa la pintura averiada de las fachadas, como dotada por la humedad de una vida propia. Sin transición, el azul definido se desvanecía en un blanquecino lechoso, lila, apenas azulado. El sol era muy leve en las ramas más altas de los

*árboles. Se suspendía encima de la bahía como una
ligera neblina. El agua era una masa inmóvil, de un
solo pigmento, azul claro. Sobre las rocas, en la
orilla, las olas rompían tranquilamente, sin hacer
espuma, con un ruido que se percibiría apenas acer-
cándose mucho al muro que separa la calle de las
rocas. A esa hora la calle estaba vacía, como todas
las demás calles, las que daban al mar y las que no
daban al mar. Los portales estaban vacíos. Las columnas de capiteles jónicos y dóricos, de hojas de
acanto, agujereadas por el salitre no parecían sostener el peso de las casas sino la falta de peso del
silencio, del adormecimiento. Igual que si de un
momento a otro fueran a empezar a mecerse con
la brisa que venía del mar y se introducía con toda
libertad, sin encontrar obstáculo, en el espacio hueco de los portales, entre una columna y otra columna, como gaviotas o auras revoloteando en los rincones. El aire estaba lleno de gotas dulces y saladas.*

¿No le gustaría dar un paseo? Ella, Eloísa, se quedaría. No estaría sola la casa. Laura podría caminar por el malecón. Hace tiempo que no ve el mar y le gustaba tanto... Podría ir por los portales hasta la explanada y después regresar por el lado del muro. ¿No se acuerda que antes no dejaba pasar dos días sin dar ese paseo?

Laura estruja el papel que tiene en la mano, donde sólo había hecho unos cuantos garabatos, y lo echa al cesto sin volver a mirarlo. Se sentó en el escritorio, sacó un papel de carta y un lápiz bastante pequeño, con la punta gruesa, cortada a navaja, pensando que seguramente no había en toda la casa un lápiz mejor y se quedó un rato con el padacito de lápiz en la mano y el papel delante, sin escribir nada. Entonces se preguntó para qué había ido a sentarse al escritorio, cosa que no hacía nunca, y a quién podía escribirle una carta y menos con un lápiz y un lápiz semejante, que sólo de verlo se le quitaban a cualquiera las ganas de escribir. Mecánicamente empezó a dibujar líneas y círculos, más o menos enormes o mínimos, como una plana desproporcionada de ejercicios de caligrafía. En eso entró su madre y entonces hizo una bolita con el papel y lo echó al cesto. Se sintió sorprendida en algo vergonzoso, como si en primer lugar fuera impropio estar allí en el escritorio y, después, lo fuera doblemente ese gesto suspendido del lápiz inútil sobre el papel emborronado. Ella se dio cuenta y estuvo a punto de darse media vuelta pero se arrepintió y le habló como si nada. Le dijo que por qué no se iba a dar un paseo. Un paseo por el malecón. ¿Por qué no?

—A la mejor sí. ¿Lo dices porque no llueve? Pero tendría que cambiarme de vestido.

Cambiarse de vestido no le disgusta. Piensa en un

vestido sin mangas, de seda, floreado, y en las argollas de oro. Desde que se levantó ha pensado en muchas cosas pero a la vez ha sido igual que no pensar en nada. Desayunó sola, después que ellos, porque se levantó más tarde. No ha tenido prisa para nada. En realidad no tiene qué hacer. Pero tampoco ha pensado mucho en eso. Simplemente no tiene qué hacer. Todas las cosas, desde que las ve, parecen ligeras y flotantes, como si no tuvieran peso. Ha estado mirando vagamente para todas partes sin fijar la atención en nada. Pasó frente al cuarto, y la puerta estaba como la había dejado, la abrió un poco más para dejar entrar el aire y recorrió con los ojos, sin moverse de allí, todo el interior, sin perturbarse, con indiferencia. Le pareció más chiquito y le dio risa verlo tan recargado, sin un lugar (así tendría que decir si lo contara) para poner un alfiler. Siguió de largo. Arrancó una vicaria y se puso a chupar el tallo. Le supo dulce como otras veces pero después, al masticarla sin querer, se le puso amarga la lengua, se sacó la flor de la boca y la dejó en cualquier parte.

—Hoy es viernes. ¿Verdad?

—No, es jueves.

—¿Estás segura? ¿Cómo lo sabes?

—Siempre miro el almanaque. No he perdido la costumbre.

—¿De veras?

También le da risa que su madre mire el almanaque. Ella no sabía siquiera si tenían un almanaque. ¿Cómo lo habrá conseguido? Es tan gracioso como mirar por el ojo de una cerradura o dar vueltas en un tiovivo. Pero ¿por qué? ¿Por qué es gracioso? No sabe. No importa. Pero tenía que ser viernes. Supo que era viernes desde temprano. Había días viernes, aunque no lo fueran en el calendario. Y ése era uno. Un día fuera de los demás días, no uno más de la serie. Desde niña le pasaba. Se despertaba y en seguida se decía: "Hoy es viernes" y andaba todo el día muy satisfecha, con cara de traer escondido algo valioso o de guardar el gran secreto Si tenía que ir al colegio era inútil porque no atendía ni aprendía nada. Si se pasaba el día en la casa le decían que parecía un alma en pena, sin posarse en ninguna parte. Entonces se ponía a pintar y no le salía o, cuando más, llenaba los papeles con grandes manchones de colores. O se sentaba delante del espejo y esperaba. Sabía que del otro lado había un lugar mágico, de setos y bosquecillos de grosellas. Para poder entrar le bastaría adivinar dónde estaba el resorte, entre los racimos de uvas, las glicinas y las petunias que rodeaban el espejo. Mientras, se quedaba muy tiesa en su silla, en medio de una filigrana, hojas de muérdago y letras góticas, segura de estar metida en un libro grueso, de cuentos. de hadas. Eso era parte del viernes. El vestido de seda está bien porque es fresco y sobre todo no le tapa los brazos y está haciendo calor.

—Estoy pensando si me cambio. ¿Te acuerdas de aquel vestido de seda estampada? El verde.

¿Se acordará desde el jueves? ¿Cómo será el jueves de su madre? Cuando la ve recogerse la trenza blanca con sus horquillas de carey y ponerse ese polvo blanco que parece talco, que saca de una cajita negra con borlas anaranjadas (todavía le dura, o debe tener muchas guardadas), le parece que todo puede reducirse a eso, a unos gestos muy simples que se hacen sin reflexionar, que se repiten todos los días, mientras uno está un poco más allá o un poco más acá, pero sin pretender nada.

Ahora Eloísa le dice: "Sí, cómo no, tu vestido estampado. Pero si vas a salir ve a cambiarte o se te va a hacer tarde" y se pone a mirar la lámpara con tanto cuidado que da la impresión de estar contando los canelones, uno por uno, algo que siempre quiso y nunca se atrevió a hacer (¡es tan tonto, tan inútil!). ¿Serán ciento uno, ciento dos, ciento tres, ciento cuatro o ciento cinco canelones? Deben ser ciento tres. Sólo que ya perdió la cuenta y es tan molesto cuando se está casi a la mitad y no se sabe si estaba uno en ése o en el de al lado y otra vez a empezar. Uno, dos, tres, cuatro, cinco, seis, siete, ocho. ¿Por qué no se va a vestir? ¿No ha decidido salir a dar el paseo? Se va a hacer tarde de verdad. ¿Va a seguir contando por los siglos de los siglos? Amén. *Requiem eternam et lux perpetuam.* Es ella la que está contando, no su madre. ¿De dónde ha sacado esa manía de ponerse a contarlo todo? Ayer los mosaicos y ahora los canelones. Pero al fin ¿por qué no? Es un entretenimiento como otro cualquiera. ¿No?

—¿Sabes cuántos canelones tiene la lámpara? Apuesto a que no. Adivina. Adivina. Vamos, dime.

—No sé.

—Pero si estabas mirando tú también y los estabas contando. Te vi. Te vi. No disimules.

—No, de veras, no tengo idea.

—Anda, di cualquier número. El que se te ocurra. Cualquiera.

—Sesenta.

—¡Uy, frío, frío! Estás muy lejos. ¡Qué barbaridad!

—Te dije que no sabía. Serán ochenta.

—Tibio, tibio.

—Noventa y cinco.

—Caliente. Ya casi.

—Cien.

—Te quemas. Te quemas.

—¿Qué más da? ¿No te parece? Aprovecha y sal un rato. Te hace falta. Yo, es natural, pero tú tan encerrada... No es bueno, anímate.

Sí, sí va a salir. Ya le ha dicho que sí. Dentro de un rato. ¿Para qué tanta prisa? ¿Cuál es la época de empinar papalotes? ¿No se acuerda? Ella tampoco. En realidad no debe haberlo sabido nunca. ¿O es que ya no se empinan papalotes? ¿Qué opina? ¿Ya se habrá perdido la costumbre? ¿También esa costumbre? No sabe. ¿Cómo va a saberlo? ¡Desde cuándo no se asoma al balcón! Antes, en las azoteas, se ponían los muchachos a empinar. Se veía muy bonito. Lo hacían por las tardes. De eso sí está segura. Cuando se pone mejor la brisa. Porque cuando hay viento no se puede. Ni en Cuaresma, cuando se levanta tanto polvo, ni con nortes, ni cuando hace un tiempo tan variable, tan inseguro como ahora. Andrés, que sale, debe saberlo. Hay que preguntarle. ¿Ella cree que Andrés se fija en esas cosas? Sí, se fija. En esas cosas sí se fija.

Está esperando algo para salir, mejor dicho para ir a vestirse primero y luego salir. Desde allí donde están, al lado de la ventana grande que da al patio, se ve el cielo. Se levantará cuando descubra qué representa aquella nube. Todavía no está segura de si tiene forma de animal o si es una cara sin ojos, ni nariz, ni boca. Ya le está saliendo la nariz. Definitivamente es una cara. Ahí están los ojos y la boca. Una cara ceñuda, colérica. Pero puede cambiar. Se está poniendo sonriente o somnolienta, una de dos. Si empieza a dar el sol en aquel rincón, antes de contar treinta, en ese instante se levantará. No, eso no sirve. Otra vez contar. No se vale. Mejor otra cosa. Si se levanta un poco de aire y mueve la persiana, entonces irá en seguida a ponerse el vestido. O mejor, sí, eso es lo mejor, sí la luz cambia de color. ¿De qué color está la luz? La luz no tiene ningún color. En ese momento no lo tiene. Por las mañanas la luz es transparente, cuando hace sol, y es imposible descubrirle un tono. O quizás ése es el verdadero color de la luz, esa transparencia, y cuando se vuelve de un color específico es luz y otra cosa, luz y una calidad, o una intensidad que le viene de algo distinto, algo que expresa una disposición de ánimo en el día (podría pensarse, si no fuera un poco infantil o un poco romántico ¿o acaso no?), una tendencia que puede ser momentánea o prolongarse con cierta persistencia, a la alegría, la incertidumbre, el entusiasmo, la espera, la nostalgia, el miedo, la tristeza, la ligereza o la libertad. Pero no es fácil saberlo. No lo es si no se está pendiente porque hay veces que cambia en un segundo y no es posible darse cuenta en seguida, porque la variación ha sido mínima y sólo importa si dura lo suficiente para crear una intensidad en la atmósfera y para que la gente pueda percibirla. Ahora es casi inútil. La luz es demasiado definida para modificarse. Dicen que los romanos creían en los augurios, en los vuelos de los pájaros o la dirección del viento. Quizás también en las estrellas. O ésos eran los egipcios. De cualquier manera creían en los augurios. ¿Ella cree en los augurios? No, ella no cree en los augurios. Nada más se le ocurrió eso de la luz para tener alguna razón, una razón hace falta siempre, para levantarse. Cuando se camina mucho al sol empieza uno a volverse sordo. Empieza a no oír nada de afuera y sólo parece que tiene un ruido encerrado en los oídos. El sol tiene ese efecto raro cuando está muy fuerte. Suena. Repercute y se sienten tapados los oídos como pasa cuando le entra a uno agua y no se la puede sacar. Después se siente algo tibio, que se resbala, y se abre el oído

y se oye más que nunca. Lo mismo si se pasa
bruscamente del sol a la sombra. De repente vuelve
a haber cosas alrededor, uno las ve y las oye. Caminar al sol es como andar sonámbulo. ¡Qué raro.
¿Será que ha estado mucho rato con los ojos cerrados? Es como si hubiera caminado realmente al sol,
con lentitud, como atravesando una barrera densa
y difícil de penetrar, para encontrarse de improviso del otro lado, ya sin tener que hacer ningún
esfuerzo, sin peso, casi ingrávida.

—¿Te arden los ojos? ¿Te molesta el sol? Has
estado mirando a la luz y dicen que molesta más el
resol que el sol mismo. Se forma una reverberación,
se te nubla la vista y empiezan a llorar los ojos.
¿Verdad?

—Yo creo. No sé. Es verdad que hay bastante sol
y me quedé mirando para afuera como hipnotizada.
Estaba pensando que para caminar...

—No, si no vas a ir por el sol. ¡A quién se le
ocurre! Ya sabes que por el sol es imposible caminar.

Eloísa quisiera darle cuerda y ponerla a andar
como una muñeca. O dar una palmada y despertarla
del todo. Porque tal parece que sigue igual que si
acabara de levantarse y todavía le costara trabajo
abrir bien los ojos. Además, ahora se da cuenta,
quiere quedarse sola en la casa, aunque sea un rato,
no compartir ni siquiera con su hija la sensación
de estar en un lugar que es completamente suyo,
que conoce como nadie. Desde que Laura dispone
todo, se ocupa de la comida, desde que ella se ha
hecho cargo, no se ha quedado más aliviada sino,
al contrario, sintiendo que ha perdido algo. Y eso
que nunca le había gustado, que nunca supo ni quiso
aprender a cocinar y se acercaba lo menos posible
a la cocina. Pero se ocupaba, eso sí, de todo lo de-

104

más, de vigilar el trabajo de las criadas, de ver si la ropa estaba bien planchada, con el almidón preciso, ni más ni menos, y cosía. Ahora ya es lo único que hace. Y a veces la aburre, o le entra como ahora una inquietud que no tiene, que ella sepa, ningún sentido, porque no le pasa nada, pero es un hormigueo, unas ganas de hacer otra cosa, de recorrer toda la casa, o poner en orden el escaparate, o leer el periódico. Pero con Laura allí no se atreve. Ya se ha hecho una costumbre, de tal manera, hacer lo mismo las dos juntas y lo mismo es casi siempre coser algo o, últimamente, arreglar ese cuarto con los recuerdos de familia, pero ahora ni eso. ¿Empezará a hacerle falta ahora que Laura se desinteresa, que ya parece no importarle?

—Ayer me dijiste... ¿Qué has pensado de las muñecas?

—No he pensado. No he vuelto a pensar. Pero ahora que lo dices creo que lo mejor es regalarlas a alguien.

—¿...?

—Siempre hay quien quiere esas cosas. Tú sabes. Y algún día tiene uno que deshacerse... ¿No te parece? Creo que hay que despejar un poco ese cuarto. Además eso. Es excesivo, de veras. ¡Da una impresión! Lo hemos llenado mucho. Hoy me di cuenta. No se puede poner un alfiler. Y hay cosas feas. Realmente. No sé cómo no nos dimos cuenta. Te aseguro. Un día de éstos habrá que ocuparse.

Es verdad que no lo había pensado para nada. Pero en seguida tuvo la respuesta, la tenía ya en la punta de la lengua. Hay una imagen grotesca, ahí, casi en la conciencia. Pero, para taparla, tendría que juntar muchas piedritas y no dejar ningún hueco en esa parte del cerebro donde está. Ellas dos, vestidas con casullas, de rodillas, esparcen incienso a diestra y siniestra, oficiando la ceremonia, no en ningún altar sino en el cuarto, convertido en una capilla fresca y ámbar, ellas dos en medio de varios haces de luz concentrados precisamente en ese lugar, donde ellas están de rodillas, ya un poco mareadas por el olor penetrante del sahumerio. Hace el esfuerzo y consigue borrarlo por completo y sonreírle a su madre que sigue, ella diría, casi impaciente, empujándola, obligándola con esa insistencia suplicante a ir a ponerse el vestido, a salir a la calle. ¿Por qué no darle gusto si después de todo es tan fácil? ¿Qué más le da? Nunca se le había ocurrido que Eloísa pudiera tener ganas de quedarse sola en la casa. Al contrario, pensaba que ese compromiso tácito de ella, de no salir tampoco para nada a la calle, como si fuera ya tan vieja, o estuviera enferma, o guardara un luto riguroso, o cumpliera una promesa al santo de su devoción, como si hubiera un motivo concreto y evidente para haber escogido el encierro, no sólo había sido aceptado, sino más bien favorecido y hasta propiciado por su madre. ¿Se equivocaría? ¿Qué le dirá cuando la vea venir vestida, cuando la vea dispuesta a bajar las escaleras? ¿Qué hará cuando oiga que se cierra la reja y el ruido de los tacones en los últimos escalones de abajo?

Mientras Laura va a vestirse Eloísa se acerca al cesto como para recoger el papel estrujado (es el único), pero no se decide y vuelve a sentarse. Cuando Laura salga, pasará por el cuarto de ellos, por el otro cuarto, de los retratos, y entrará al suyo, se quedará allí un buen rato, encontrará algo que hacer, quizás por fin arreglar su escaparate, no sentirá ninguna urgencia, ni que la están esperando, ni que tiene alguna obligación. Será una sensación nueva, la anticipa, cree que valdrá la pena quedarse sola, poder disponer de toda la casa para ella aunque vaya a meterse a su cuarto y no salga de alii mientras Laura no vuelva.

Laura entra, ya vestida, y se sienta otra vez en el sillón. Se sienta en vez de despedirse y bajar la escalera. ¡Y pensar que hay una manera tan simple de ver las cosas, todas las cosas! Pero con Laura no se puede. Es como si se le escurriera a uno de las manos o en cualquier momento pudiera suceder algo muy bueno o algo muy malo. Va a sentarse otra vez. No va a salir a ninguna parte. ¿Será posible? Algo va a anudarse, está segura, y ya no habrá modo de hacerla salir, ni de que ella se vaya a su cuarto. A veces el aire está lleno de granitos de polvo invisibles. Si no hay sol no se ven. Sólo cuando entra el sol empiezan a existir realmente. Como ellas. La sensación es rara pero está ahí. Como ellas, desde que Laura ha ido a cambiarse y ha venido a sentarse otra vez, con su vestido de seda estampada.

—¿No vas a ir? ¿Después de todo no vas a ir?

—Se ha hecho tarde. ¿No te parece? Se ha hecho tarde.

—No, yo no diría. Pero si a ti te parece.

—¿Te acuerdas la última vez?

—Sí, la última vez. Papá vivía todavía. Creo que fue un día de su santo. O yo cumplía años. No sé.

Como si lo estuviera viendo. Las ventanas estaban abiertas de par en par pero todavía era temprano y hacía ese bochorno. No se había levantado la brisa. Sudaban a mares y los vestidos (entonces se usaba tanto el chifón) se empezaban a pegar a la piel y se ajaba el escote y no paraban de echarse fresco y de tomar ponche y salían al balcón para ver si allá afuera... Pero no corría ni una gota de brisa. Ni una gota. Y a pesar de todo... Alguien dijo si no sería mejor jugar a las prendas mientras tanto, mientras refrescaba y podían bailar. Pero no le hicieron caso. No sabe quién puso un disco en el fonógrafo, le parece que un danzón y la invitó. Pero todavía era muy temprano y hacía demasiado calor y era mejor acercar los sillones a la ventana. Ese juego no estaba entonces allí, de ese lado, sino pegado al balcón.

—Parece que fue ayer.

Laura sonríe para ella misma. Sabe que por mucho que quiera no podrá reconstituirlo. Se le escapa algo. No podrá hacer igual que si hubiese sido ayer y hoy fuera únicamente el día después de la fiesta. Como si todavía les duraran en los oídos las voces y la música dulzona. Y de todas maneras es un poco así. ¿Acaso no se ha levantado como los niños, con la sensación de no tener encima ningún peso y sólo el día por delante? Pero ella no tiene ayer ahí de reserva, como los niños, guardado vagamente en alguna parte por si hace falta en cualquier momento, quizás al mediodía, cuando la casa parece vacía y todo el mundo duerme la siesta. Ella no tiene nada ahí de reserva. Y si no lo supiera ya, no habría dicho nada. No habría sacado eso a relucir. Lo habría guardado como guardaba antes el secreto del viernes.

Si ha hablado de aquella fiesta es porque puede verla así, un poco desde afuera, con cierta libertad. Porque no le asusta demasiado acordarse de la fiesta y comprobar que no queda nada. Si fuera cierto, si se hubieran puesto a contarse las dos una fiesta de ayer, a contar cada una su propia versión de la fiesta, como después de estar en dos lugares distintos, pasaría lo mismo. O quizás peor porque habría que recoger servilletas tiradas por el suelo y platos con salsa y grasa enfriada y colillas apagadas y copas a medio tomar. Y si quedaba todavía la euforia tendrían que hacer mucho esfuerzo para conservarla en medio de esa sensación precaria y vacilante que flota por la madrugada o a la mañana siguiente en un lugar donde ha habido una fiesta. Laura no se engaña. Su fiesta imaginaria de anoche, la cena de los tres juntos, el juego de cartas, la fiesta de aquella tarde son la misma cosa. El desgaste es el mismo. Todo está igualmente deteriorado, igualmente inerte hoy por la mañana. Y todo, con la misma obstinación, pretende persistir y aferrarlas a un fardo vacío, de cosas vacías. ¿No es así la memoria?

—Va a levantar el tiempo. Esta mañana no ha llovido.

Eso después del "parece que fue ayer", como si también Eloísa supiera que no hay que hacerse ilusiones. Sí. Por eso lo dice. Para que no se haga ilusiones (como si ella se hiciera, a esas alturas). Le da la mano para que salte y no se quede del otro lado, con los pies colgando en el vacío (¿en qué vacío? en alguno, es lo mismo, todos los vacíos son iguales). ¿Para qué si ya no hay peligro? Se siente capaz, en ese momento, de dejar que el polvo se acumule indefinidamente en los rincones, detrás de las consolas o en los canelones de las lámparas. Está bien decir que va a levantar el tiempo, que ya no ha llovido o que está lloviendo, o que hace frío o que hace calor. Todo eso está muy bien. Es mucho mejor decir eso que cualquier otra cosa. Suponiendo que haya otras cosas que decir.

Eloísa no pierde la impresión de que están allí de otra manera, desde que Laura volvió a entrar. La impresión de que se ha modificado algo, se ha alterado o más bien se ha compuesto, ha encontrado su verdadero molde, como si apenas un momento antes, al volver Laura, se hubiera integrado automáticamente la realidad. Las cosas, por fin, tienen un lugar en esa realidad y no hay dilemas, no hay otras posibilidades y eso se debe a la actitud de Laura. Pero ¿qué actitud? ¿Podría decir ella cuál es la actitud de Laura? Quizás no es más que esa falta de impaciencia. (No es que pueda decir: *"Laura tiene paciencia"* porque eso sería otra cosa.)

Esa falta de impaciencia es quedarse ahí sentada en vez de salir, o meter el dedo índice en un agujero de la rejilla hasta hacerse un círculo completamente blanco, como si ya no circulara la sangre, y mucho más hinchado que el resto del dedo. Y volver a hacerlo una vez y otra mientras le habla de la fiesta o la oye decir que va a levantar el tiempo sin contestarle nada. O también la manera lejana de decirle que hay que regalar las muñecas porque algún día tiene uno que deshacerse de las cosas. Eloísa no puede seguirla, pero tampoco lo intentaría. Ella, por su parte, no ha perdido la impaciencia. Es paciente, y no le extraña que las cosas no se parezcan a ella. Pero en Laura es tan nuevo ese abandono de la impaciencia como es nueva la impresión que da de borrarse entre lo que la rodea, de asimilarse, de parecerse demasiado a todo.

Es curioso que ese avión no haga ningún ruido. Y que tarde tanto en atravesar el hueco de la azotea. Ella pensaba que los aviones iban muy de prisa. El avión sigue una diagonal perfecta, lentamente. Vuela muy bajo. Se ve muy grande. Es gris. Completamente gris. No se sabe si además el cielo está un poco gris o si es el resplandor del sol lo que rodea al avión de un color indefinido. Es un avión gris plomo o gris acero. No tiene letreros. No se le ve ningún signo. No debe ser un avión de pasajeros. Pero tiene todo el aspecto, la forma, el tamaño. ¿Por qué no hará ruido? Debe estar dando una vuelta a la ciudad antes de aterrizar. Dicen que los aviones siempre lo hacen. Allá arriba, en la cabina, el piloto no distinguirá la casa. Sólo verá las azoteas, todas iguales, manzanas enteras de azoteas iguales, unas más altas y otras más bajas. Y el mar. Ella no verá nunca la ciudad desde un avión. Cuando se está allá arriba todo debe ser distinto. Seguramente basta asomarse a la ventanilla y ver una ciudad entera abajo para que las cosas tengan otro nivel. Más, si se vuela encima de una ciudad donde uno ha vivido, donde vive quizás todavía o donde ya no volverá a vivir nunca. ¿Se verá la gente caminando por la calle, los automóviles? ¿Se preguntará uno qué hace la gente, tanta gente, debajo de cada azotea y pensará uno en mucha más gente de la que hay, sentirá la presencia de un hormiguero infinito debajo de los techos? No. Todo eso lo piensa porque está aquí abajo, porque no tiene nada que hacer y porque le gusta imaginarse cosas.

—Acaba de pasar un avión.

—¿Un avión? ¿De veras? No lo sentí.

—No ha hecho ruido. Estabas de espalda. Mejor dicho estás.

—¿Cómo era el avión?

—Era gris.

—¿Gris?

—Sí. No sé si era un avión bonito. Me fijaría si volviera a pasar.

—¡Si volviera a pasar! Realmente, dices algunas cosas...

Es verdad que hay cosas que uno dice y cosas que uno no dice. Todo el mundo lo sabe. Pero en este caso... ¿Por qué no podría el avión volver a pasar? ¿Por qué no? Una cosa así puede ocurrir. En realidad, si uno se pone a pensar, hay muchas cosas que pueden ocurrir mientras que casi siempre se supone que sólo pasan unas cuantas cosas, siempre

111

las mismas cosas. Uno puede vivir, por ejemplo, con todos los postigos y las persianas abiertas. Uno puede salir todos los días a la calle. Uno puede hacer limpieza general cada año y tirar lo que ya no sirve (¡se va acumulando tanta inutilidad!). Uno puede abrir la ventana cuando llueve y mojarse la cara. Uno puede llamar por teléfono a alguien que no ha vuelto a ver desde quién sabe cuándo. O puede escribirle a un pariente lejano al que no ha conocido nunca porque siempre ha vivido en otra parte. O puede salir a caminar por la calle, si vive lejos, en un barrio donde está seguro de no tener ningún amigo, ni siquiera un conocido, y tropezar con una persona a la que ha querido mucho. Dicen, también eso dicen, que a veces la gente se encuentra conchas en lugares de tierra adentro, donde el mar no ha estado nunca, que se sepa. Se pueden criar palomas mensajeras y con toda seguridad no se equivocarán nunca de camino. Los pelícanos tampoco se equivocan cuando tienen hambre y se lanzan como rayos sobre el lugar preciso donde está el pez. Las gaviotas tienen sus recorridos y vuelan en semicírculos del mar a la tierra, de la tierra al mar, pero hay veces que de repente uno no sabe por qué y cambian de rumbo. Un avión puede pasar dos veces por el mismo lugar. Y debe haber otras cosas pero, después de todo, ella no tiene tanta imaginación. Si no hubiera estado tan encerrada... Pero se le ocurre, y así debe ser, que el mundo es infinito y la libertad de las cosas es infinita y hasta pudo haber, en un momento que, ése sí, está perdido, una infinidad de Lauras distintas. Las cosas que no hay que decir nunca son otras. Uno lo sabe sin que se lo hayan enseñado. Es un pacto tácito y se respetan las reglas porque cada cual las descubre así porque sí, sin más. Porque es mejor. Todo está en

112

saber precisamente dónde detenerse, hasta dónde llegar, en qué momento uno puede ir un poco más lejos o no. Así se queda más tranquilo y no hay imprevistos. A lo mejor después de todo tenía razón ella, con eso del avión. Porque sería un imprevisto. No hay duda que sería un imprevisto.

—Yo quería decir, no me expliqué bien, pero quería decir que si pasara otro igual. Podría pasar otro igual. No me lo puedes negar. Yo creo, estoy segura, que debe haber muchos aviones como ése. Habrá muchos aviones iguales o parecidos. Por lo menos parecidos.

—Seguramente, debe haberlos.

—A veces pasan muchos aviones juntos. ¿No los has visto?

—Sí, me he asomado cuando se oyen. Hay algunos que suenan tanto que parece que van a caerse encima de la casa, igual que si volaran al ras de la azotea. Es mucho peor que los truenos. Mucho peor.

—Es un ruido que no se oía antes. Yo creo que los aviones no sonaban. O sonaban menos. Así suenan los aviones nuevos. Eso es. Este avión que pasó no debe ser nuevo. Si no, lo habríamos sentido.

—¿Nunca te han dado ganas de subir a un avión?

—Alguna vez sí. Cuando empezaron. Después ya no. No volví a pensar.

—En cambio yo nunca. Y creo que hoy me dieron ganas.

—¿Crees? ¿Por qué dices así? ¿Por qué no dices que te dieron ganas? ¿No estás segura?

—No sé. Quizás no estoy segura. ¿A ti no te pasa nunca?

—¿Qué puede hacer uno, verdad?

Eloísa tiene la piel irritada, así la tiene siempre. Es demasiado blanca y por debajo de la piel se le ve una sombra rojiza, una especie de erupción posible que nunca se declara, pero está casi a punto de brotar cuando se altera por algo. Ahora se le nota eso, a pesar del talco en el cuello y del polvo demasiado blanco en la cara. A Laura le gustaría no verlo pero ya lo ha visto. ¿Cómo iba a pensar que por hablar de los aviones se iba a perturbar así?

—No sé si ha sido siempre. Pero hace un momento, sabes, me pasó una cosa. No te lo iba a decir. Se me salió.

—Pero si no me has dicho nada. ¿Qué es lo que ha sido siempre?

—Es difícil... Realmente no sé cómo... Te vi de una manera...

—¿Me viste?

—No es que te viera. Lo sentí. Fue muy claro. Todo se puso muy real. ¿Me entiendes? Eso es lo que quiero decir.

—No te entiendo.

—Las cosas, nosotros, uno se mueve como los péndulos que están descompuestos. Los péndulos de los relojes.

—¿De los relojes?

—Sí, cuando no tienen siempre el mismo ritmo. Una vez vi un reloj que caminaba muy rápido y daba las horas cada media hora, y entonces se pasaba tocando campanadas sin parar. Llegué a contar setenta y siete. ¿Te das cuenta?

—Sí, pero...

—Bueno, eso es lo que pasa con todo. Estamos de un lado para otro, sin ningún orden, como esos péndulos. Pero de repente el tiempo es algo. O las cosas son algo. Nosotros, tú, yo, también somos algo. Es igual que si helara de improviso y el agua de los charcos, de las jarras, todo se condensara. Más bien como si hubiera un molde hueco hecho expresamente. Expresamente para cuando pasa. Entonces

114

lo que pasa en ese momento (uno se da cuenta, yo me di cuenta ahora), se queda ahí fijo y uno tiene la sensación de que va a quedarse en alguna parte, de que ya no va a dejar de ser nunca. Ésa fue la impresión. ¿Entiendes? Ésa fue.

—¿Cuándo?

—Cuando te fuiste a vestir y luego viniste a sentarte otra vez aquí. Creo que fue cuando entraste, en seguida, o un momento después.

—¿Crees?

—Sí, es que no estoy segura.

Laura no se está meciendo. No ha hecho el menor movimiento y, sin embargo, el sillón ha vibrado, o el suelo, o las dos cosas, como si temblara ligeramente, pero allí no tiembla nunca.

—¿En alguna parte? ¿Puede quedarse en alguna parte?

No es verdad. En ninguna parte. Sería como dejar hilos, o guías, o pedacitos de migajón para no perderse. Y ella ya no está dispuesta. Ya no volverá nunca. Ya no necesita esos amuletos. Uno puede mirar por la ventana y acordarse de algo o no acordarse. Pero nada más. No buscarle los tres pies al gato. Eso es lo que no se puede. Hablar de cosas que se quedan en alguna parte. ¿Y por qué no de las mesas que giran solas o de las bolas de cristal? En vez de la brisca y el chocolate, hacer una cadena, los tres de la mano, y esperar a que los atraviese la corriente. Invocar a los espíritus y hablar con los muertos. ¿Por qué no?

—Decías que yo y eres tú. Es a ti a quien se te ocurre cada cosa... ¿No tienes sed? Voy a hacer una limonada. Te la llevaré a tu cuarto, si quieres. Yo también voy a quedarme un rato en el cuarto, antes de comer. Ya se pasó la mañana. Ya vamos a tener que almorzar. No me tardo.

Nada más es cuestión de acostumbrarse y se puede uno pasar los días enteros. Las horas enteras en el sillón. Cuestión de apoyar la cabeza y darle un poco de impulso y luego dejarse mecer. Para acá y para allá. Para allá y para acá. Uno dos tres cuatro. Uno, dos, tres, cuatro las vigas del techo. Cuatro, tres, dos, uno y no queda ni una. Uno la viga y dos el techo blanco, y tres la viga y cuatro el techo blanco. El techo blanco descascarado. El cielo raso descascarado. Una costra que dan ganas de tocar y levantar hasta dejarla pendiente de un hilo, en un tris, pero sin que acabe de caerse, sin que acabe de una vez. Nada más mirar para arriba y mirar para abajo y ver cómo los mosaicos se levantan y se acuestan como castillos de naipes que se construyen y se caen, se hacen y se deshacen. Mosaicos de dos colores. Blancos y azules. Blancos con grecas azules. Azules con grecas blancas. ¿Cómo saberlo? Dos soles cuadrados, uno delante de la puerta, otro delante de la ventana. Mirándolos con atención quizás se sabría. Sería lo más fácil del mundo averiguarlo. Saber a qué velocidad se van desplazando. Cuándo van a llegar a la cama y al sillón. Aquél a la cama y éste al sillón. Éste que es el suyo y aquél que no es de nadie. Éste que es el suyo, que acabará por llegar a la punta de las pantuflas y empezará a subir hasta calentar la curva desnuda del pie, las pantuflas que apenas se sostienen ya en la punta de los dedos y van a caerse en cualquier momento. Esperar que el cuadrado de sol se haya movido hasta cubrir la mitad del mosaico que le falta para llegar al pie. Seguirlo con los ojos para ir midiendo el ritmo, las menudas distancias que recorre, y mirar deliberadamente para otro lado nada más para eso, para dejarse sorprender en seguida por la rapidez con que camina, la seguridad con que se acerca al pie como si eso fuera todo, su finalidad, su razón de ser. La maceta de hierro verde, picoteada por todas partes como si se la hubieran comido los pájaros, está del otro lado del quicio. Pero no fueron los pájaros, fue la herrumbe. Y por los huecos herrumbrosos se ven pedazos de tierra con raíces que se van saliendo. Las hojas del orégano, carnosas, con una pelusa suave, aterciopelada, verde limón. El orégano no está dentro del sol. Lo roza apenas y en un instante dejará de darle. El cuadrado se va alargando, volviéndose rectángulo. Se va subiendo por las piernas. Abrir los ojos y cerrarlos para ver manchas brillantes, puntos de colores quebrados como las estrellas de cristales que se miran en un tubo, con un solo ojo abierto. Si uno vuelve a abrir los ojos ya no queda nada. Hacer la prueba. Una mancha amarilla, roja, verde, que flota en el aire, se expande y se contrae en círculos concéntricos. Poco a poco se va desvaneciendo en el muro blanco. El muro llena toda la puerta y no deja ver el cielo. Subir y bajar la vista como una hormiga lenta escalando montañas, montículos, rugosidades del muro. Medirlo con la mano abierta y ver el sol entre los dedos. Oír ese zumbido de cláxones y motores y gritos y el agua que sale de una llave. Parece que llega un momento en que hay que dejar de mecerse porque uno se marea pero el sillón se sigue moviendo solo y entonces uno se pone a jadear un poco. Una raya corta en dos la puerta abierta haciendo de ese pedazo de muro una ficha blanca y negra. Otra vez las campanadas (ese afán de componer el reloj, de sentir sus límites, ese afán que él ha tenido siempre). Pero la mañana no es eso. Es el muro blanco. Mitad sol y mitad sombra. El pasillo claro. El cuarto abierto. Una sustancia transparente que se renueva todos los días. Quedarse pensando en nada. Ponerse a caminar de puntillas sin moverse del sillón. Abrir una vitrina y sacar un plato con un racimo de ciruelas moradas y un borde azul prusia y un anillo dorado todo alrededor. Ponerlo a contraluz y ver cómo se transparenta y sentir esa alianza con algo impreciso, esa satisfacción, ese deseo. Ponerse en el lugar de la china que mira desde la estera abanicándose y riéndose nada más con las comisuras de los labios, con los extremos alargados de los párpados, parada en un puentecito de juguete, demasiado grande para ese puente tan chiquito, o en el lugar del viejo que camina bajo la nieve con un corderito sobre los hombros y una capa y una bufanda que se levantan con la ventisca, en colores pastosos y oscuros, ocres y verdes, o en el lugar del cisne donde viaja Lohengrin o en el lugar de Isolda muriéndose siempre de amor al lado de Tristán en un banco de mármol, en rosa y verde y con un cielo de oro viejo donde se pone el sol que se quedó fuera del marco y que por eso mismo dan tantas ganas de ver. Bostezar mientras el sillón se mece lentamente y rechina un poco. Ser así de maleable, de dúctil, capaz de dejarse llenar, de contenerlo todo. De ver muchas cosas, un número infinito de cosas de otra manera. De ser Laura, pero también Andrés y Eloísa y los tres al mismo tiempo y no ser nada distinto. Borrarse tanto que cualquiera pueda mirarse en ella y reconocerse. Dejar que todo sea perfecto. La risa perfecta y las noches perfectas y los días perfectos. Todo lo que se diga perfecto y todo lo que se piense perfecto. Como un bautismo o una epifanía. Como un cuadro pintado al óleo con tonos pastel. Nada más en pastel. Un cuadro con un jardín al fondo y ellas con pamelas de paja de Italia adornadas con cintas. De

118

terciopelo. Largas largas como un suspiro largo. Y un palpitar de palomas en medio de la palidez del aire. Y alguna con un perrito de pelo blanco muy rizado encima de las rodillas. Y la otra con un abanico un poquito abierto. Nada más un poquito. Lo suficiente para dar la sensación. Y todo perfecto, perfecto. Tan bonito. Tan bonito, tan bonito como la única estampa de un calendario exclusivo, ofrecido por la mejor de las tiendas sólo a los clientes distinguidos. Pero ¿por qué ahora? Ahora precisamente cuando la mañana... En vez de bostezar y adormecerse, esperando que sea todavía por la mañana cuando se despierte y soñar con algo muy suave, muy liso, muy delicado, un poco cursi, apenas un poco, ligeramente, lo bastante como para que no haya nada inquietante. Un jardín sonriente y una mano de nieve que tenía... Algo tranquilizador, inofensivo, inobjetable. Lo malo es que si se duerme después puede ser que ya parezca otro día y la mañana, esa mañana, esté del otro lado y no haya modo de volver a entrar. Igual que pasa cuando el viento cierra la puerta y las llaves se quedan adentro. Y entonces sólo quede la sensación de haber perdido para siempre la oportunidad de algo decisivo. Mientras que ahora, de este lado de la mañana, se le puede ocurrir cualquier cosa y pensar que su vida esto o su vida aquello o que siempre ha habido ofrendas y siempre habrá amor, de alguna manera, en alguna parte, y cosas duras e impenetrables que se podrán oponer a las pérdidas, los deterioros, las ruinas, que siempre habrá también en todas partes. Y pensar en renovaciones y decantaciones y otras cosas, o palabras, semejantes como canciones y oraciones y visiones y efusiones y abluciones y pasiones, cosas lustrales y palabras singulares y privilegiadas, cinceladas, in-

119

destructibles, y en todo lo que se le ocurra porque ¿quién puede impedírselo? ¿Quién? Ya no hay un pedazo de muro blanco y un pedazo de muro gris. Todo el muro está gris y llueve otra vez. Es tan fácil que así se borre todo. El ruido de los pasos que ya no la siguen cuando llega a la persiana. Los límites de los días. Todo lo que es preciso. Lo que dicen que no se puede cambiar. Todo con la lluvia. La lluvia a través de las persianas que están entornadas. Mirando los automóviles que pasan allá abajo. Los automóviles que pasan y dejan una doble estela que parece gris pero también parece formada por cristalitos de hielo, por granizos que serían invisibles si no estuvieran todos juntos. Tan derecha, tan perfecta, como dos líneas trazadas por una regla. Una estela muy bien dibujada en el asfalto mojado. Una estela que va a desaparecer en seguida. Que ya desapareció. Que ya se borró también con la lluvia. Mientras el agua se sigue encharcando en las losas desiguales del balcón y hay gotas pendientes de las curvas del barandal. A punto de caer. Hasta que caen y abren círculos minúsculos en los charcos. Hay gotas también en los alambres de luz y se podría apostar si van a caerse o no. Se podría. Pero también se puede hacer otra cosa, sobre todo no teniendo con quien apostar. Se pueden dibujar rayas y puntos, puntos y rayas en el polvo. En el polvo que hay en la persiana. Mientras su madre seguirá allí horas enteras. Porque se ha puesto a sacar cosas de unas cajas y a volver a guardarlas en las mismas cajas. Y así empezará a pasarse, ella, las horas enteras. Porque no ha descubierto esto de las rayas, tanto más simple, igualmente inútil. Cuando por casualidad uno se encuentra un poco de polvo. Sin ponerse a buscarlo. Cuando todo se reduce a buscar un lugar

120

un poco más acá o un poco más allá para poner el sillón. Para convencerse de que hay lugares mejores que otros. De que el lugar que fue bueno ayer por la tarde no es en absoluto el lugar donde hay que sentarse hoy por la mañana. Para hacer un poco como si hubiera signos y vuelta a lo mismo. Pero sin pretender entenderlos, sin suponer que hay algo que comprender. Mientras ella, con sus cajas, no viene a decirle que qué le parece, que cómo ha vuelto a llover. Y le ahorra que tenga que decirle, por ejemplo, que la lluvia le hace bien a los jardines. ¿Porque si no cómo las fuentes cristalinas y los jardines sonrientes y todo lo demás? Aunque a lo mejor sabe o se imagina que se ahorra algo. Eso u otra cosa parecida. O quiere hacer un inventario. Pero si dejara por un momento, aquí vería cómo pasa un camión muy alto y se quedan temblando los alambres. O cómo no pasa. Y dan ganas de poner una mano empolvada en la pared. Y no se sabe si la pared está húmeda o un poco impregnada. ¿De qué? La cosa es que queda una mancha y parece de grasa. Para siempre. Una mancha de grasa hasta el final de los tiempos. En la pared. En todas las paredes. Una sola mancha sobre el mundo entero en vez de otra cosa. De una lata de pintura roja. De un diluvio de pintura limpia, espesa, roja. Que sale de una lata de pintura. Para todas las paredes del mundo. Para cubrir todos los mares. Y los continentes. Y los paralelos. Y los meridianos. Y los polos y el ecuador. La mejor pintura del mundo. Cómprela usted. Pero esto no es anuncio. Es una mancha que parece de grasa. En la pared. Sin ninguna sorpresa. No es lo mismo que subir por una escalera de caracol sin saber cuándo. Cuál será de pronto el último escalón. Cuándo se va a topar uno de manos a boca con el cielo. Juanito trepándose por el frijol mágico. Millones de frijoles mágicos sembrados por todas partes, en el mundo entero. La mayor cosecha de la historia. Los grandes titulares: "Por fin se ha descubierto...", "El camino real abierto a todos..." Y paz en la tierra a los hombres de buena voluntad. El fin del mundo. Porque ya para qué. Después de eso para qué. Mientras que las cajas, los pedacitos de techo descascarados, las manchas en la pared, las cintas rosadas con manchas de humedad, de todo eso no hay ninguna duda. Sería ridículo tener alguna duda. Por eso no queda más remedio para las dos, una allá, la otra acá. Ponerse a contar los segundos como relojes. Inventarle el ritmo a los segundos. No perderlo hasta contar sesenta y saber que ha pasado un minuto. Que va a empezar otro. Pero saber también que ni así, porque en cada segundo puede empezar un minuto distinto. Y ponerse a contarlos, cada una por su lado, es ir alejando unos minutos de los otros minutos. Porque una cuenta los segundos de un minuto y la otra los segundos de un minuto distinto. Y los minutos de cada cual no se encontrarían nunca. Los automóviles siguen pasando y dejan estelas iguales. A la misma distancia. Las estelas vuelven a borrarse en seguida. Demasiado pronto. Hasta que vuelven a pasar otros automóviles y vuelve a haber otras estelas. Los alambres se mecen a la altura de los ojos. De la luz. Del teléfono. La ventana de la casa de enfrente está abierta. Pero no hay nadie. Sólo un hueco de sombra que no deja ver para adentro. Y ella que los ha visto antes, alguna vez, no podría decir cómo son. Los muebles por supuesto. Ni ellos. Los que ven desde allí enfrente sus ventanas cerradas, con curiosidad, a ver si algún día... Y entonces alguien se asoma al balcón y por fin lo logran y pueden descansar tranquilos. Los han visto. Han visto algo más que una pared amarilla. Con tres ventanas. Con persianas cerradas. Con cornisas. Con hojas de acanto en las cornisas. Con molduras de yeso. Con un barandal de hierro retorcido. Con dos medias lunas de reja en los extremos para que nadie pueda pasar de un balcón a otro balcón. Para que no puedan entrar ladrones. Los han visto. Y entonces dejan de ser eso: la casa de enfrente. Cualquier casa de enfrente. Los vecinos que hace tiempo no salen al balcón. Y son ella. Que está parada allí, detrás de la ventana. Que le ha dado por mecerse en un sillón. Y ella. Que está en su cuarto poniendo en orden su escaparate. Y ya saben cuántos son. Y saben que él, que todos los días dice y que arregla el reloj para que vuelva a andar. Y que entra. Y sale. Y a dónde va. Y qué hace cuando viene. Y las horas que tiene de ir y venir. Y qué hace después de atravesar el quicio del zaguán. De subir los primeros escalones, cuando ya no lo ven. Porque el hueco de la escalera está muy oscuro. Esa casa parece. No parece. Dan ganas de. Con cualquier pretexto. Y además el marco fijo de la puerta. Que también está cerrado. Naturalmente, siempre cerrado. Se entierran en vida. A lo mejor hay algo raro. Nunca se sabe. Todo puede ocurrir. Esto y aquello. Y lo de más allá. Y cómo será la reja. Y también la tendrán cerrada. Con llave. Y él sacará la llave del bolsillo y se pondrá a mirar para abajo. A mirar la sala de abajo. De la casa de abajo que ésa sí, no hay duda, está vacía. Estará con los ojos deslumbrados. Si hace sol. Si no, se acostumbrará mejor a la penumbra. Y ni por asomo podrán imaginarse el segundo tramo. Pero suponen que va más rápido. Que debe apurarse. Quizás porque hay algún enfermo. Que le tiembla un poco la garganta. Mientras la encuentra y acerca un sillón. Y empieza a hablar muy de prisa. Como si se tratara de algo urgente. Pero por mucho que hagan, por mucho que se imaginen. ¿Cómo podrían? No tienen ni la menor idea. Porque hay eso de los minutos. Eso de que no se encuentran. Eso de que estamos nosotros y están ellos y la calle, todas las calles, de por medio. Por un lado sus puertas abiertas. Sus ventanas. Por otro lado nuestros amuletos. Para las grandes ocasiones, para las ocasiones menores. Todo lo que falta y todo lo que sobra. Y la rutina de las horas. Adornadas, como si dijéramos, con guirnaldas y con cintas. Porque siempre están las cintas. Siempre están las guirnaldas. Y el devanar. Y el destejer. Y el llenar los vacíos, los chiquitos y los grandes, una vez y otra vez. Así como Penélope. Muy bonito. Tejer las horas cada día y luego destejerlas y volver a empezar. Siempre en el mismo lugar. A la misma hora. En el mismo día. Lo malo es que están los relojes y también están los calendarios. Ése es el inconveniente. ¡Qué lástima los relojes! No tienen la menor idea. No saben que él se asegura y la deja bien acomodada en el marco (porque así le servirá después, alguna vez). Bien acomodada encima de una consola de mármol. Con la cabeza inclinada. Y los ojos bajos. Mirando las rosas. Un manojo de rosas. Descuidadamente, con elegancia, como si no se quisiera, al desgaire, con naturalidad, sin afectación. Y es que no siempre... Esas cosas no se aprenden. Se nace o no se nace. O en otra parte. Con un vestido de muselina crema. Con un abanico en la mano (no podía faltar) y un paisaje de arlequines y de colombinas. Y un parabán para reclinarse. Donde cabalgan cazadores vestidos a la inglesa. Y amazonas vestidas a la inglesa. Y corren los perros. Y las liebres. Todo por supuesto en medio de un bosque, también a la inglesa. ¿Pero ya para qué? Mejor que los inventen allá enfrente, esos otros, esos desconocidos. Que los pongan a vivir a su manera. Que se paren en la ventana. Que se imaginen y se dejen de imaginar. Que piensen lo que se les dé la gana. Que les den otros nombres. Otros apellidos. Que se entretengan. Que jueguen con ellos como juegan los gatos con los ratones. Que lo vean llegar antes que ella. Que le dejen las gotas colgadas de los alambres, y las rayas y el polvo. Para tapar las rayas. Para soplar el polvo. Para que se vaya volando. Para que no queden por ningún lado huellas, ni vestigios, ni signos. Para poder hacer cualquier cosa inútil. Como caminar entre los mosaicos, entre dos filas, por la hendidura, igual que si fuera la cuerda floja o el filo de la navaja. Ni más ni menos. Así mismo. Porque si no sería cuestión ¿o quizás no? de ponerse, por ejemplo, a llorar a gritos.

(No deja de mecerse en el sillón y el sillón no deja de hacer de cuando en cuando ese ruidito como si necesitara un poco de aceite, como si se quejara de haberles durado demasiado. Laura se mece y lo raro es la armonía de su figura en el sillón. Igual que si fueran una sola cosa, dos elementos inseparables de lo mismo. Como si hubiera encontrado por fin su lugar predestinado, un sitio reservado en un cuadro, desde el principio de los tiempos, su lugar en el mundo. Se ha metido allí con ese aplomo, se ha sentado y ha puesto la cara que deberá tener ya siempre. La cara más adecuada, la más parecida a la que le hubiera gustado tener donde, podría pensarse, va a aparecer de un momento a otro una sonrisa y donde los ojos están fijos en algún punto que no está ahí sino más allá, afuera, muy lejos, en otra parte. Así ve ella, Eloísa, el cuadro de Laura. Un cuadro para ella sola donde no cabe nada más. Un cuadro que está perfecto, acabado, completo cuando se sienta en el sillón, en el cuarto, en la sala, y se prepara a mecerse horas enteras como si no importara otra cosa, igual que si fuera el mejor de los mundos, como si hubiera nacido para eso. Un cuadro que se moverá con ella, que llevará a todas partes, cuando se levante de un lado para ir a sentarse en otro. Que la resguardará como una aureola, y no hay nada que hacer. A ella no le queda nada que hacer. Nada sino arreglar su escaparate y hacer lo posible por no pensar mucho, en nada. Para no pensar que habrá otras mañanas como esa mañana y la cama estará tendida con la misma colcha sin necesidad de cambiar las sábanas y la silla donde se siente estará arrinconada al lado de la cómoda y el cuarto todo limpio, en orden, será un camino de paso, para no tener que dar un rodeo por el pasillo como ahora (cuando ella está dentro del cuarto) y mirarán con un poco de curiosidad los cepillos blandos que siempre han estado en la cómoda y esa estampa enorme donde arden, encima de la cama, las ánimas del purgatorio y quizás entonces se pregunten si no será allí y les darán ganas de santiguarse. Pero ahora todavía es mientras tanto y no se trata de llenar el tiempo. Se trata de aprovecharlo mientras todavía haya tiempo. Tiempo para llenarse los poros de paciencia, como una costra blanca de cera sobre los muebles o un panal de abejas en un pomo de miel, de algo cristalizado y tranquilo, la materia de todos sus años, de su vida recostada sobre ella misma igual que algunas flores se cierran y se repliegan para dormir, por las noches. La sustancia de tanto tiempo que no podría decir cuándo empezó, la sustancia de su sangre, de sus huesos. La misma de los barrotes desgastados por el aire de mar, de los postigos que dejan ver, debajo de la última capa ya despedazada, otra pintura mucho más vulgar, verde estridente, de las persianas grises de tanto polvo como les cae y se deposita durante el día aunque cada noche vuelve a escaparse un poco con la brisa, de los mosaicos agrietados que a veces se levantan y forman promontorios pequeños como lomas, de los barandales del pasillo donde ya da miedo recargarse porque cualquier día podrían ceder, de la pintura que nada más se ha quedado en las paredes para figurar personajes grotescos, descompuestos, entristecidos, de los pasamanos llenos de comején y los baúles guardados en el último cuarto. La misma sustancia. Ella tiene paciencia para olvidarse. Para no sacar papeles amarillentos de los baúles. Periódicos del 20 de mayo de 1902, o del 31 de diciembre de 1899, o del 4 de agosto de 1914, con titulares gruesos, en letras más bien redondas, anunciando el fin del siglo y el comienzo de otro siglo al día siguiente o, mejor dicho, a las doce y un minuto de esta noche y que en todo el mundo se espera el acontecimiento en medio de un gran júbilo, y que en París y en Nueva York, y que hoy se ha izado la bandera, y que la familia real y la infanta Eulalia y en el Japón y en la Argentina y en Marruecos y las farolas del Paseo del Prado. Para no sacar cintas moradas con letras de oro, con nombres, algunas casi lilas, casi rosadas, cintas que cubrieron de arriba abajo coronas de lirios blancos y de azucenas y de nardos, ni zapatos de raso con la seda pasada, ni corpiños ni peinetas de carey, ni esquelas con cruces negras y bordes negros y nombres escritos en negro, ni vestidos de encaje ni mantones de Manila ni abanicos de nácar y abanicos de sándalo y abanicos de encaje y de tul y abanicos pintados a mano, ni carnets de baile ni cartas escritas con tinta sepia ni estampas de primera comunión con cálices dorados y guirnaldas de flores pálidas y cintas, muchas cintas, ni daguerrotipos ni fotografías. Nada de eso que se quedó en los baúles, que no se atrevieron a sacar para ponerlo en el cuarto, como sabiendo en el fondo que ése era su lugar, que allí estaban mejor. Paciencia para saber que algún día todas las cosas se quedan sin depositario. Los grandes escaparates negros, los aparadores de dos pisos, las vitrinas con lunas y el mármol rosado de las consolas. Porque ya no habrá consolas por ningún lado, ni candiles que vibren cuando entra un poco de brisa, ni copas blancas ni copas rosas detrás de los cristales, ni filas de platos, todos iguales, en los aparadores, detrás de las puertas cerradas con llave. Ni habrá más que olvido y un ablandamiento por las tardes, cuando sea mucha la humedad.

Paciencia para llenarse de palabras. Una por una las palabras angulosas, *mi destino en esta vida, cuando llega esta hora en que cierra la noche, lo único de grande y sublime, sepas tú las penas de mi alma, para que conmigo mueran, todos esos sufrimientos, tanto como mi alma ha envejecido,* las palabras dobladas en una carta blanca, no entre esas paredes, ni en el escaparate sin lunas, ni en el lavamanos, en su memoria, en este sobre amarillo, aquel sobre blanco, si se pone a mirar fijamente y desaparece todo lo demás, y es ahora cuando acaban de ponerla encima del tocador, ahora mismo, detrás de ella en el espejo de ébano donde se está peinando, detrás de ella donde puede verla, y ver detrás el cuarto blanco, las ventanas grandes, las ventanas abiertas, el cuarto que huele a jazmín, donde está, donde danzan y danzan las palabras de la carta, donde de pronto se están paseando por el campo, sin haber salido del cuarto, y él le enseña el cielo enrojecido donde se está poniendo el sol y ella lo mira y hace aire y vuelve a estar sola en el cuarto, en aquel cuarto, en este cuarto, y siente que las nubes se han vuelto plomizas y va a empezar a llover y siente que va a esperar a que empiece el aguacero y va a encender la lámpara y va a haber en seguida una luz amarilla derramada sobre la cama y tendrá que volver a sacarlas y a separar unas de otras y a juntar de otra manera por un lado los retratos y por otro las cartas y por otro los aretes y los broches y los anillos, las piedras rojas y las piedras azules y las piedras moradas y las piedras blancas porque siempre está eso nuevo que no les conocía y les va encontrando, otra manera mejor de volver a guardarlas, algo que emparienta mejor, cada vez, unas cosas con otras, como para probar todas las relaciones posibles, para anudar los cabos rotos, para restablecer las vecindades como sólo ella, porque ella tiene el hilo, tiene la clave, tiene la memoria, ella sabe que no son inertes, que no están muertas y espera como si lo estuviera esperando, como si fuera a venir a reunirse con ella, a participar con ella en esa fiesta que le preparará cada día, que gozará por los dos, que repetirá todo el tiempo porque sabe que al final, a última hora, se derrumbarán las paredes, se derrumbará un año y otro año, un día y otro día, y sonarán trompetas y desaparecerán todos los pedazos rotos, todas las cosas truncadas, todos los restos y nada de tantos años, nada de tantas paredes, nada de tantos muebles habrá sido todavía y nada más que él y ella, él con veinte años, ella con veinte años,

129

dejándose mojar, dejando que los moje la lluvia que cae con gotas muy gruesas, corriendo a refugiarse debajo de un portal, debajo de esa lámpara de rombos verdes y rombos ámbar, debajo de un framboyán rojo en un patio muy grande todo de baldosas blancas, y escampa, y el sol entra por la ventana de un corredor de mosaicos muy limpios, donde hay arecas, y él le da un beso, un beso de despedida, le estará dando siempre un beso de despedida, nunca acabarán de separarse, porque alguien ha venido y les ha puesto un marco ovalado alrededor, un marco dorado que remata en un lazo y algunas flores, un marco que los obliga a seguir abrazados, a no cambiar de posición, a no moverse, un marco oportuno, insustituible, lo que estaban pidiendo, como para que nunca pueda decirse *"cuando acabaron de despedirse"* o *"cuando habían acabado de..."* o *"después que se despidieron"* o *"cuando ya se habían despedido"*, y por eso mientras acerca la silla a la cama y con mucho cuidado, como se cambia a un niño chiquito, muy amorosamente, las toca y las vuelve a dejar, se da todavía tiempo, un margen de tiempo, mientras se dice que esa lluvia que cae es una lluvia ligera, de media tarde, de esas que dejan luego un atardecer anaranjado, una luz intensa que se acaba en seguida, y se dice que no, que es un aguacero que parece eterno, de un día que nunca se va a acabar, que es una lluvia torrencial, que hay ciclón y llueve entre ráfagas de viento y que no, que hace un sol tibio, suavemente cuajado, y que pronto será resplandeciente al mediodía y todos los soles que han entrado por todas las puertas y todas las lluvias que han caído y todas las veces que ha anochecido un día y otro día y todas las veces que ella lo ha visto sin saber que lo veía, como se respira sin darse uno cuenta, pero como si lo hubiera estado

130

guardando de reserva para cuando hiciera falta, para un día como ése, para poder ponerlo todo encima de la cama, y mirarlo desde allí, desde donde está, desde afuera, todo dentro de la luz amarilla, de esa única luz amarilla, esa luz que lo baña todo, hasta a ellos dentro del marco ovalado, sobre todo a ellos, dentro del marco, ovalado, a ellos, detenidos para siempre, apresados en el aire por un fogonazo de magnesio, prendidos por un alfiler dorado como mariposas doradas, para siempre.)

DESPUÉS de llover, de repente, salía el sol al mediodía. Los contornos de las casas, de los árboles, las torres y las cúpulas más altas se desdibujaban en la reverberación de esa luz. Un vaho, que alteraba los ritmos de la respiración, subía del asfalto de las calles. La gente caminaba como si cada cual llevara todo el sol en la espalda. Había poca gente en la calle. Las aceras se volvían muy largas, interminables e inútiles, desiertas, aplastadas fatigosamente por la luz, por el calor. La luz derretía los colores y la ciudad confundía y mezclaba sus aristas a la vez que se separaba del mar, se sumergía en las estrías de los reflejos solares, se levantaba un poco del suelo y se quedaba allí suspendida, entre el vaho y el sol. Nadie recibía los golpes de frescura, las bocanadas de aire que salían de los zaguanes. Nadie se acercaba a los círculos de sombra que hacían los árboles, tan escasos, de las avenidas. La ciudad se aletargaba. Se olvidaba a sí misma, se borraba, se desvanecía. Se aplastaba como un insecto de muchos colores, muerto y recubierto por un tenue polvillo amarillo. No había huellas de humedad, ni traza de la lluvia que había rebosado las azoteas, los patios y las calles. Se habían tragado toda el agua y volvían a estar resecos, a la expectativa. El mar, reducido a su ámbito, era un gran estanque que se ondulaba apenas, de cuando en cuando. La ciudad caldeada, ardiente, no era más que una ciudad irreal, la ciudad imaginada de un espejismo.

—HAY QUE comer antes de que se enfríe. Después no es lo mismo.

—Y además se hace tarde. Se me hace tarde.

—¿Te sirvo?

—Sí. Prefiero. Ya sabes...

...Suspendidas. Así se quedan suspendidas. Como unos aritos de latón en la cabeza. Aunque a mí no me parece haber dicho nada. A lo mejor yo no tengo mi arito. Tomar la sopa sin hacer ruido. Sorberla despacito. ¡Es tan difícil! Como si en cualquier momento el Espíritu Santo... Y ya no serían aros sino lengüitas de fuego. Delante de mi frente. Y de la tuya. Y de la tuya. ¡A quién se le ocurre! A mí se me ocurre. Los tres modestamente. Esperando la gracia. Esperando el primer plato. Y algo más que el primer plato o algo menos. Como si no supiéramos ya que las repeticiones y las recapitulaciones... Como todos los días. Buscando otra vez. Detrás de los gestos. De las palabras. Queriendo reunir algo en esta lentitud, en subir y bajar así la cuchara. En tanto cuidado. Tragando primero un poquito y luego lo demás. Para no quemarnos. Sin masticar los fideos. Tragándonos enteros los fideos. Sin aspavientos. Sin darle importancia. Como se debe. Con la esperanza. Siempre con la esperanza. La última cucharada. Por fin. Llamar para que se lleven los platos. Para que traigan la primera fuente.

...Hacer todo lo posible porque no se derrame una gota. Llenarla y subirla poco a poco. Y volver a bajarla. Para volver a llenarla. Esta impresión de estar de más. De no ser necesario. De haberme quedado afuera como si ya no hiciera falta. Por encima del plato de sopa, del mío y del tuyo, me acerco discretamente, sin hacer ruido, busco el tono, me doy tiempo mientras tanto. Mientras ustedes hablan de algo, se quitan la palabra de la boca como para no dejar nada en el aire, o para espantar una mosca. Se quitan de encima algo molesto. Me miran para ver si he oído. Y miran para otro lado.

—¡Qué calor está haciendo! Para eso sirve la lluvia.

—No se oye zumbar una mosca. Dan ganas de que vuelva a llover.

—Después de todo la lluvia...

—Yo creí por un momento que el invierno... Pero otra vez parece pleno verano.

—Este tiempo... Este tiempo... En ninguna parte...

—¿No les parece que si entornáramos las persianas...?

...Los platos. Nada lechosos. Con otra textura. Casi diría con otro color. Con otro peso. Completamente distintos que en la repisa. Cuando están puestos en la cocina. Encima del caballito un solo cuchillo. Ya la cuchara y ahora el tenedor. Podría ser si yo me decidiera. Bastarían algunas palabras. Dejarlas caer encima como una red. Sin que te dieras cuenta de cómo. Ni te pudieras salir. No darte la oportunidad. No dejar que trates de convencerme. Dar vueltas alrededor como un moscón. Pero para eso tendría que hablar mucho. Y no se me ocurre nada. Prefiero el destello en el trébol rojo. Encima de la persiana.

...Yo de este lado y ellos de aquél. Sentada en el portal, viendo cómo pasa la gente por la calle. Meciéndome yo sola entre los demás sillones vacíos. Así estamos. Y no porque yo quiera, sino porque me he quedado de este lado. Así qué fácil. Qué inútil. No, al contrario, qué claro. ¡Qué claro verlos así! Tú y él. Él y tú del otro lado. Y eso que no los miro mucho. No hace falta. ¡Es tan cómodo! Aquí nadie me molesta. Además no puedo abrir

134

mucho los ojos porque entra demasiado el sol por
los cristales. Estoy en ese barco que se acerca al
muelle. Por la mañana, muy temprano. Mejor en
ese barco.
...Sigo empeñado. No lo puedo evitar. Después
de todo anoche... Volver a donde lo dejamos. No
perder el hilo. No sé por qué siento como si estuviera pasando algo y yo no me diera cuenta. Empieza a ser casi casi una obsesión. Me pondrían en
un aprieto si tuviera que explicarlo. Es muy molesto. Tan fácil que sería buscarte un sitio cuidado,
preservado, acogedor, donde pudiera ponerte. Donde te dejaras poner. Necesito decir algo.
—Deben ser niños que gritan en alguna azotea.
Por aquí cerca.
—Sí. ¡Qué raro! Tan tranquilo que estaba todo.
—A mí no es que me molestara. Me extrañó. No
sé si he estado distraído pero no me había fijado
que hubiera niños por aquí cerca. ¿Y tú?
—Yo tampoco.
...Tampoco. Es la verdad. Yo tampoco. Siempre
me ha gustado ese trébol rojo en el arco. Las ramas
de los árboles se mueven con el aire y se puede
ver la luz entre las hojas. Yo estoy abajo. Miro
cómo se mecen las copas y empiezo a marearme.
No es cierto. Estoy en el pasillo y la luz se ha puesto
rara. No. Estoy sentada aquí en la mesa. Esa es la
verdad. A la hora del almuerzo. Las copas de los
árboles y las hojas que se mueven se van corriendo
y no los podría alcanzar. Ni quiero. Sólo me da
pena la brisa. Siempre me ha gustado la brisa. No
sé por qué comemos hígado. No puedo soportarlo.
Ni el sabor metálico ni lo gelatinosa que se siente
la carne.
...El mar está pálido y no hay olas. Vienen las
lanchas y la gente grita y se ríe. No terminan las pa-

labras. Las cantan. Los árboles, después del muelle, son largos y lisos como columnas y tienen penachos verdes. Detrás hay portales con columnas y balcones. En un arco, tapado con cristales como éstos, iguales a éstos, se ve el sol más que en ninguna otra parte. No calienta mucho todavía. Subimos a un coche de caballos y en seguida nos metemos por una calle estrecha y dejo de ver el mar. Miro los balcones y todos, casi todos, son distintos.

...Un sitio distinto de ése donde estás, a mi derecha, mientras ella está a mi izquierda y yo en la cabecera. Si no se nos ocurre nada vamos a volver a hablar del tiempo. Te quitan el plato y no te das cuenta y casi se tira la salsa. Me alegro que no se haya tirado. Si no, otra mancha como ayer. Me gusta ver en orden los platos y las fuentes. Es un alivio. Los cubiertos y los caballitos. Ya nadie los usa, seguramente. Pero nosotros sí. Me gusta ver las sillas junto a la pared. Las copas dentro de la vitrina. Las rosadas abajo y las blancas arriba. Me alegró que las sacaran anoche. Pero prefiero verlas ahí, en su lugar. Y en medio los vasos con borde de plata. El espejo, al fondo, convierte las tres filas de copas en seis filas de copas. La mesa son dos mesas en el espejo. Las dos inclinadas, juntándose en el centro. Ya lo he visto en alguna parte. Los platos como si fueran a caerse. En alguna parte. En un libro de historia. En un grabado antiguo. Eso es. Dejar de mirarnos en el espejo porque un poco más y no podré contenerme y voy a querer evitar que se resbalen los platos. Será una tontería. Una ridiculez.

—Este año no habrá ciclón. Pero no ha parado el mal tiempo. A mí no me engaña este sol. Ya veremos dentro de un rato. Cualquiera diría que ya es época de nortes. Los días ya son más cortos.

Cuando menos se imagina uno oscurece. ¿Te has fijado?

—Hay que ser precavidos. ¿No se te hace tarde? Como a ti no te gusta que se te pase la hora...

—No te preocupes. Hay tiempo para el café. Me alcanza perfectamente.

...Miro con el rabillo del ojo. Sabía que estaba ahí, pero tenía la impresión de que se había levantado. Como si nos hubiera dejado solos. Claramente esa sensación. Acaba de dar la una.

...Antes, todavía antes, el polvo se levantaba y todos los lugares se ponían grises. Las filas largas de hormigas se metían por la hierba.

...Hay sol. Está el arco de cristal. El arco de cristal. El arco tiene tres colores. El sol da fuerte en los cristales.

...Todavía están en la mesa los platos de postre. Las conchas donde siempre se sirve la natilla. Con caminitos abiertos por las cucharas. De niño los seguía con el dedo. Eran iguales las conchas.

...Algunas veces me ponía a oír con curiosidad cómo me latía el corazón. Pero entonces no parecía mi corazón ni parecía que esos latidos fueran míos.

...La puerta. Las persianas en la puerta. Los mosaicos rojos. El barandal.

...Dentro de media hora sonará otra campanada.

...Después me gustaron las noches. Los ojos se acostumbraban a la oscuridad y abría mucho los brazos en la cama. Quizás para abrazar a la noche o para abrazarte. ¡Ya nos habíamos casado y éramos tan jóvenes! Pero yo te había esperado mucho tiempo y tú me habías esperado mucho tiempo.

...Los colores vibran fuera del arco, dentro de la luz, en un cono de sol. Es hoy, al mediodía.

...Dentro de media hora.

...Las gardenias, tenían mucho perfume. También

137

olían los lirios, sobre todo si estaban ya un poco marchitos.

...Yo estoy aquí. Sentada. En esta silla.

...Tendré que bajar la escalera y este reloj dejará de importarme.

...Miraré mi reloj y luego preguntaré la hora y miraré el reloj de la oficina.

...Una vez nos paseamos por la playa. La arena era muy suave y se me iban los pies, parecía que se los quería tragar. Me agarré de tu brazo como si de verdad tuviera miedo. Me diste unas piedras para que las guardara. El mar nos mojó los pies y se iba y venía y volvía a mojarnos. Nos quedamos así mucho rato.

...Estoy sentada aquí. A la mesa.

...Y me imaginaré tu tarde.

...Y otra vez guardé mariposas en una red anaranjada y luego las dejé escapar. Pero eso fue mucho antes.

...A la hora del almuerzo. Con ustedes a mi lado.

...Me pondré a pensar si ya te sentaste a coser.

...Aprendí a tejer. Tejía a todas horas y no me daban ganas de hacer otra cosa.

...Y eso es todo lo que hay. No hay nada más.

...O si habrás puesto el sillón en la ventana.

...Estoy meciendo la cuna, una vez y otra vez y tengo el pelo negro y después blanco, pero la cuna sigue siendo la misma.

...Hay luz. Hay cristales. Hay colores. Yo puedo mirarlos.

...Miraré el reloj a las dos, a las tres, a las cuatro.

...Corro mucho por el campo. En el quicio de una puerta me siento. La casa es blanca y tiene geranios.

...No tiene nada que ver con el polvo en la persiana. Con las gotas en los alambres. Y sí tiene que ver. Sí tiene.

...La tarde es igual para ti, para mí, para ella. También para los que pasan por la calle. ¿No te has puesto a mirar por la ventana?

...El barco es lento. Nunca se acaba el mar.

...La luz es compacta. La luz se ha puesto anaranjada.

...No es una ilusión. Deberías creerme. La tarde es la misma. La misma para todos.

...Me aprendí canciones tristes. Después me enseñaste a bailar. Bailamos lanceros y mazurcas. Siempre esperé con paciencia. Sigo esperando.

...Y yo ya no estaré. Ya no estaré en el pasillo. Ni debajo de los árboles, ni sentada a la mesa. Yo ya no estaré mirándola.

...A ti te importa saber que siempre es la primera vez y la única vez. Que el reloj no ha marcado nunca, ni volverá a marcar nunca las mismas dos, las mismas tres, las mismas cuatro. Pero no hay que pensarlo mucho. Hazme caso.

...Te besaba en la boca. Las iniciales que bordaba en las sábanas de hilo, en los manteles blancos, eran tus iniciales.

...Habrá un momento inútil. Que será después de. ¿Después de qué? No me lo puedo imaginar. Pero ése será el final.

...Basta que sean las dos, las tres, las cuatro de este día, de este mes, de este año.

...Las camas eran anchas y por el día las tendían con colchas de crochet.

...Los colores serán los mismos. La luz será la misma. Sin mí.

...Un año, un número con cifras gruesas. En relieve. Así se reúnen uno al lado de otro, iguales, todos los años que vivimos.

...Me mecía en los sillones altos de rejilla, casi nunca en los sillones de mimbre. Me parecía que iba a irme para atrás.

...Toda esta luz. Tanta, tanta luz. Y el vacío.

...Algo con peso, denso, consistente. Un pequeño bloque de acero liso y bien recortado, con bordes precisos que lo separan del vacío, de todos los años que nunca vivimos antes, de todos los que no viviremos después. Así es y así está bien. No hay nada que dudar. Te lo aseguro. Soy yo quien te lo aseguro.

...Los sinsontes cantaban y me gustaba tener tomeguines. Por las mañanas se abrían los escaparates y todo olía a reseda. Entonces.

...Como saltar con un paracaídas que no se abrirá nunca.

...Siempre habrá relojes. No tendrás que tener miedo. Decírtelo de alguna manera. Decir cualquier cosa.

—Voy a tener que irme sin... Se les debe haber olvidado.

—No. Espérate. En seguida vengo. Lo traigo.

...Ellos eran los que se iban y los que venían. Yo siempre me quedaba. Alguien tenía que cerrar la puerta. Me decían lecciones largas sin que yo las entendiera. Yo que hubiera querido oler otra vez la hierba húmeda. A mí que me gustaba la leche acabada de ordeñar. Me ponía lazos en las trenzas y jugaba sola en el patio donde había un árbol frondoso que nunca dio flores. Mi madre se vestía de negro. Había el portal por la tarde y la brisa. Y las ganas de abrazarla. Las temporadas largas en los baños de mar. Y vestirse de luto. Mirar el reloj con impaciencia. Las arañas dan vueltas y vueltas en el techo, cuajadas de luces, y afuera hace una noche amoratada, llena de estrellas y es invierno. Una casa y otra casa antes de esta casa, mi casa. La mesa se iba quedando vacía. Ya no hubo espejos por todas partes. Todos me rodeaban. Estoy sola. Los nombres de mis hijos yo se los puse, para que todos les dijeran después por esos nombres. Nadie me había puesto nunca un telegrama y ese día, cuando lo abrí, decía que estaba muerto. Yo no te vi morir. Yo seguí viviendo. No. No quiero. Tapar la taza con la mano antes de que me sirva. Se me olvida lo que podría decirle. Como pescar algo que se ha ido al fondo del pozo. Y me gusta el olor. Siempre me ha gustado cómo huele el café. Pero no quiero. Eres tú la que lo sirves ahora. ¿Desde cuándo? Desde hace tiempo. No lo tomaré. No tengo ganas. Me recostaría porque tengo mucho sueño. Y eso que nunca me ha gustado la siesta. Un instante. Ya vamos a acabar de almorzar.

...Todo tan natural. Tan ahí. Como esta cucharita a la que le estoy dando vueltas. De la que no puedo apartar los ojos. Como si me hubiera hipnotizado. Un instante. Eso. Un instante. Y pasa. Pasa la claridad que casi lo ciega a uno. Esa sensación de que se ha encendido de pronto un reflector muy potente para no iluminar nada. Para llenar de luz un sitio donde no puede haber luz. Imposible de imaginar. Un lugar que no es. Apenas un instante. Y luego esto. La tranquilidad. Este aplazamiento no se sabe hasta cuándo. Estar aquí sentada en una silla. Mirando una luz que atraviesa un arco de cristales por un punto, un solo punto, y se abre después como un abanico. Mirando los helechos. Y los espárragos. Detrás de la persiana. Mirándome los dedos de la mano. De la mano que es mía. Que juega con la cuchara. Que dibuja rayas. Otra vez rayas. Encima del mantel blanco. Entre las migajas de pan y los granos de arroz que se han caído de los platos. De los tenedores. Un instante. Mientras que tú, como siempre, pretendes reunir todos los hilos, y hacer y decir, sin llegar a nada porque no encuentras qué. Porque no hay qué. Te veo. Tomándote el café sin respirar. La veo. Tapando la taza con la mano. Con los ojos medio cerrados como si fuera a quedarse dormida. Y es como si yo me viera. Dándole vueltas a la cucharita. Como si estuviéramos posando. Posando los tres. Para una fotografía que nos deja fijos, inmovilizados, atrapados. Y no hay más que los gestos de los tres en este instante. Que nos descargan, no sabría ni cómo ni por qué, de todo lo que no hace falta. De nuestros cuerpos. De los lastres. De lo que pueda venir después. De lo que no habremos hecho. Detenidos. Posando para alguien. Que no está o sí está. Y todo se reduce. Se afina, se purifica y se queda así. Un instante. Nada más. Y es todo.

...Probártelo. Me gustaría probártelo. Poco a poco, pacientemente, pero no sé si ahora. Tendré que encontrar el momento. El momento oportuno. El café ya se ha enfriado. Y está tan amargo y se asienta en el fondo como polvo mojado. Se me queda en la garganta. No me pasa. Decirte que no se te olvide el azúcar, dos cucharaditas, ya lo sabes. Pero ahora bebérmelo hasta el final, como si nada. Y el vaso entero de agua para quitarme el sabor. Lo que no se hace. Intacto. Sudado porque el agua estuvo muy fría hasta hace un momento. Pero ahora estará tibia. Casi. Tomaré el vaso y empezaré a beberlo. Y dejará en el mantel, ya ha dejado, deja un pequeño círculo mojado. Que se secará pronto. Y no quedará ninguna huella, ni la sombra del lugar donde estuvo el vaso, ni nada, porque también a mí, aunque quiera evitarlo, dentro de un rato se me habrá olvidado.

Este libro fue impreso y encuadernado en empresas del grupo Fondo de Cultura Económica. Se terminó de imprimir el 14 de junio de 1985 en los talleres de Lito Ediciones Olimpia, Sevilla 109, 03300 México, D. F. Se encuadernó en Encuadernación Progreso, Municipio Libre 188, 03300 México, D. F. El tiro fue de 50 mil ejemplares.

Diseño y fotografía de la portada: *Rafael López Castro.*